KB070447

일흔이에요

나남
nanam

나남시선 85

일흔이에요

2014년 8월 15일 발행
2014년 8월 15일 1쇄

지은이_ 이영희
발행자_ 趙相浩
발행처_ (주)나남
주소_ 413-120 경기도 파주시 회동길 193
전화_ (031) 955-4601 (代)
FAX_ (031) 955-4555
등록_ 제 1-71호(1979.5.12)
홈페이지_ http://www.nanam.net
전자우편_ post@nanam.net

ISBN 978-89-300-1085-6
ISBN 978-89-300-1069-6(세트)
책값은 뒤표지에 있습니다.

李韶 이영희 생활시집

일흔이에요

나남
nanam

지나온 나날

해방되던 해 서울에서 2남 1녀의 맏이 외동딸
아버지, 어머니는 일본에서 결혼하여 나를 가지셨다
할머니 개성 아버지 황해도 어머니 경상도
다양한 피가 섞인 때문인지
학창시절부터 소설도 쓴다 하고
중창반 활동도 하면서 번다하게

대학에서 당시 신생학문 디자인을 전공하고
1968년 졸업 막 국가경제개발이 궤도에 오를 즈음
제약회사 포장, 광고디자인
1970년대 들어 광고대행사 차장
1980년대부터 제일기획 등 사보에

광고 크리에이티브에 대한 칼럼
논리나 철학보다도 직관과 감성으로 글
신문광고, 전파광고수업 강사
회사에서 만든 광고 보여주며 진행한 실기수업
재미나고 신나

1979년, 이화여자대학 전임교수
광고수업 본격적으로 진행하면서 광고 관련 책 몇 권
디자인 관련 창의성 여성 어린이 교육 책과 논문
2000년대 들어
여성 소비자 주부 광고인, 디자이너인 나
사명감과 부담감으로 몇 년이나 준비하여
《여성을 위한 디자인》 책
디자인여성학회 제자들과 학회 활동 및 워크숍
이때 어린이 디자인교육에 열심

디자인은 이론과 실제
염색 순수그래픽 컴퓨터그래픽 트래쉬아트
패브릭디자인 8회의 개인전
제자들과의 〈비주얼메시지〉 그룹전은 32회째

2011년 은퇴
신앙생활 좀 잘해보려고 교회활동 우선 시작
성경공부 기도회 몇 가지 봉사를 하면서
많게는 일주일에 이삼 일 교회출입

내 블로그 http://blog.naver.com/leevayoung
글 올리고 그간의 작품이나 여행사진들 포스팅
지난날 정리 나름 변화에 적응

일주일에 한 번 뜨개질 교실
댄스 운동 작업
특히 섬유작업 재료가 가진 아름다움에 취해
가방 브로치 장식품도 만든다
어떤 매체나 장르의 작업에도
가장 관심을 두는 부분 색채

나이 서른 역사학자 최선홍과 결혼 아들 딸 하나씩
'조선남자', '고지식의 원칙주의자'
그리고 '신개념 전공자'
성정 차이로 젊었을 적에 종종 티격태격
내가 한껏 감성에 치달을 때면 남편의 이성이 제동

아들 연세대학교 커뮤니케이션대학원 박사과정
결혼 아들 하나
딸 이화여자대학교에서 환경디자인 전공
뉴욕에서 조명 디자이너
변호사 남편 사이에 딸 둘
지금은 남편과 단둘이

올해로 일흔
이 책으로 인해
나의 칠순이 더없이 화려해짐을
누구보다도 하나님께 감사한다
가족 친구 제자들
교회 구역식구 BSF 멤버들에게 감사하며
은퇴 후 일상에서 또는 여행에서 짧게 짧게 쓴 글
몇 가까운 지인들에게 보이는 재미
어깨너머로 보시고는 산만한 기색이 역력함에도
이 글을 엮는 데 사방팔방 힘을 기울여주시고
추천의 글까지 써주신 김형국 교수
평을 맡아주신 김선학 교수
나남출판사의 조상호 회장께 감사드립니다

2014년 7월

李韶 이영희

李韶 이영희 생활시집

일흔이에요

차례

살며

사람들

디자인 수상(隨想)

발문

가족, 친구

Red 1 2011 박지윤과 협업 117×90cm mixed media on canvas

딸

승연이 내 딸
고명딸
안쓰럽기도 하고 대견하기도 하고
슬프기도 하고 기쁘기도 하다
마음 놓이기도 하고 불안하기도 하고
믿음직하기도 하고 위태롭기도 하다
보고 싶기도 하고
보는 것이 괴롭기도 하다
품에 꼭 안고 이런저런 이야기 하고 싶기도 하고
한참을 잊어버리고 싶기도 하다

나의 딸
그렇게 총명하고 예쁜 우리 딸
아까워 죽겠다
이렇게 멀리 두고 산다는 것이
모든 어미는 다 똑같을 게다
엄마!
전화다
덜컥 한다

딸아

여기가 아침이면
퇴근해 집에 있겠구나
여기가 밤이면
지금 출근하겠지
여기가 일요일이니
지금 토요일이라 쉬겠네
여기가 월요일이니
너희 교회 갔겠구나

멀고도 가까운
뉴욕

시야

시야는 손녀딸
'할머니 축하해요' 발음이 영글었다
지난 가을 서울 왔을 때 밤낮이 바뀌었었지
참어! 참어! 새벽 2시에 깨어
배고프다고 달려드는 걸
자기 엄마는 잠결에 말한다
듣다못해 내가 일어난다

걔 온다고 사놓은 소시지 데우고
국에 밥 말고 식탁에 앉히는데
'엄마가 힘들어 해. 나 때문에'
다른 사람들 깰까봐 소곤소곤 어른스럽게 말했지
4살짜리가
갈치를 바로 구어 발라주니 어찌나 잘 먹는지
팽이버섯을 쏙쏙 골라먹는 아이

가르쳐 준 걸 잊지 않는 영리한 아이
재미가 나 자꾸자꾸 가르쳐주고 싶은 아이
물놀이를 아아주 좋아하는 아이

할머니는 다리가 아야 해서
물에 들어가지 못해
할머니는 아야 해서 물에 못 들어가지이
말을 하면 금방 이해하는 아이
우리 딸의 분신
생명보다 더 아까운 아이

며느리

남들은 손주가 학교 갔네 어쩌네 하는데
나는 이제야 며느리를 보았다
아들 옆에 붙어 있는 시내를 보는데
그렇게 흐뭇할 수가 없다
그래 너희 그렇게 한몸이 되어 잘 살아라
이제 더 이상 저녁이면
왜 안 들어오지? 생각 안 해도 된다

쓰던 방 들여다보니
휑하다
걱정할 아들이 없어서일까
집이 더 덩그렁 커 뵈고
그득했던 신발장이 허전해 보인다
냉동고 고기랑 생선들 줄어드는 것은 더디고
과일도 뭐도 다 그렇다
그런 것들이 달라진 것이 아니라
내 마음 깊은 곳의 한 덩어리를 내어놓아
그 빈자리 때문일 터
그걸 채운 며느리

며느리가 들어왔다
이 애가 우리 식구구나

부부

마주 보는 것이 아니라
같은 곳을 바라보는 것
그래
서로 상대만 바라보니까
결점이 더 크게 보이겠지
짜증이 커지겠지
같은 곳을 보면 옆은 안 보일 테고 앞만 보이니
시야가 넓어지겠지
좀 너그러워지겠지

마음에 갈등이 생길 때면
나는 상상한다
만약 남편이 떠나고 이 세상에 없다면
문을 꼭꼭 잠그겠지
어느 분처럼 남자 신발을 현관에 진열해 놓겠지
바람 부는 날 창문이 흔들릴 때 무서워 떨겠지
잠 못 드는 밤이면
못 견디게 못 견디게 후회하겠지
말이라도 잘해줄 걸

밥 좀더 잘 챙겨줄 걸
어디가자 할 때 따라가줄 걸
미안해요
미안해요 하겠지

고전음악

천상병 시인
"집에 있을 때는 KBS 제1 FM방송을 듣고 지냅니다.
고전음악 중에서 바흐나 모차르트나 브람스가 나오면
나는 아주 감격합니다."
최선홍도
"집에 있을 때는 KBS 제1 FM방송을 듣고 지낸다.
아침에 일어나면서 자기 전까지 듣는다."
볼륨 45
중간의 국악시간만 빼고
고전음악 중에서 바흐나 모차르트나 브람스가 나오면
그는 아주 감격한다
하이든도 좋아한다
이들이 나오면 볼륨은 60이 된다

텔레비전을 볼 때도 라디오를 끄지 않는다
볼륨을 줄이고 뉴스를 본다
CBS FM이 켜져 있어 가벼운 음악이 나오면
금방 이거 왜 이래? 하며 벌떡 일어나 고친다

그가 거실에 있을 때
우리 집에서 팝이나 가요를 듣지 못한다
몸에서 알레르기가 생기는 모양이다

천상병처럼 최선홍도 기인이다
최선홍은 나의 남편
나는 남편이 없을 때 CBS FM을 크게 틀어 놓고
팝송을 듣는다

화장실 갔다 올게

내가 들어간 사이
남편은 화장실 앞에 그대로 서 있다
그가 들어간 사이
나는 이것저것 구경하느라 돌아다닌다
생소한 외국 공항에서
보이는 반경에
내가 눈에 띄지 않으면 겁이 나는 모양이다
남편은 예정대로 매뉴얼대로 계획대로 산다
거기서 벗어나면
매우 못 견뎌하고 불안해한다
나는 종종 계획을 변경하고 싶어진다
망칠지 모르지만
그런 과정을 거치면서 쾌감을 느낀다

남편은 얼음물을 나는 뜨거운 차를 마신다
남편은 문을 열고 자고 나는 꼭꼭 닫고 잔다
봄가을엔 바깥문은 닫고
안쪽문은 여는 것으로 타협한다
무더운 한여름이 되면 절충이 어려워

그는 이불을 들고 마루로 나간다

희한하다

이렇게 40년 가까이 같이 살아올 수 있었다니

마지메와 날라리

대학생 때 우리는 다섯이었다
희경, 재옥, 길원, 원숙, 그리고 나
전자의 둘은 마지메과고 후자의 둘은 날라리과다
나는 그 사이를 왔다 갔다 하는
요즘 말로 통섭형 인간
마지메들은
수업이면 맨 앞에 앉아 열심히 노트필기
날라리들은 미팅 주선
마지메들은
과제 마무리 같은 치다꺼리
날라리 중 하나는 화려한 연애이야기로
우리들 청춘을 눈뜨게 해주었다
가장 먼저 결혼한 애도 바로 걔
가장 늦게까지 착실히 디자이너로서
일을 마치고 은퇴한 애가 날라리과 길원이었다
그가 진정한 통섭인간인가
나는 요즘 댄스 할 때 날라리 끼가 나온다

나는 왕 산만

내 책상에는 성경책이 펼쳐져 있고
한쪽에 신문이 있고
다른 한쪽에 요즘 읽는 책이 있고 모니터가 켜 있다
메모나 스케치를 하는 노트도 펴 있다
아! 옆에 휴대폰은 기본이다
대부분 라디오도 켜 있다
성경 보다 신문 보다 책 보다 인터넷 검색
어린이들 학생들 절대 따라하지 마시라
내가 생각해도 중증이다
고백하건대 끝까지 읽은 장편소설 같은 거 없다
그래서 꼭 읽어야 할 책
역자 글이나 서평 같은 걸 먼저 읽고
내용을 파악한 후
뒤부터 읽기도 한다
마지막이 어떻게 될지 모르고서
한 장 한 장 읽어 내려갈 수가 없다
그 두꺼운 책 답답하여 참을 수가 없다
재미없는 챕터를 건너뛴다든지
아무튼 읽긴 다 읽더라도

처음부터 끝까지 순서대로 하지 못한다
차라리 몇 권의 책을 한꺼번에
이거 읽었다 저거 읽었다
성경 맨 끝에 있는 요한계시록
내용이 난해하기도 하지만
그런 연유로 제대로 읽은 것 같지 않아
맘먹고 며칠 전 성경 뒤부터 꼼꼼히 읽었다
주석까지 챙겨가며
아이들처럼 집중력 향상 뭐라도 받아야 할까
아니다
내 모습 이대로 주님 받으시옵소서

봄날의 허영 2010 27×26cm mixed media

카레라이스

저녁 먹고 올게
자석처럼 붙어 있던 남편이 간만에
What a break!
우선 라디오볼륨 한껏
저녁 신경 안 써도 된다
식탁에 차리지 않아도 되고
나? 나 먹을 것 있지
얼려 놓았던 카레라이스 데운다
밥 조금 놓고 카레를 붓는다
완두콩이랑 아스파라거스
그래도 내 몸은 소중하니까 골고루 그 위에
자존감이 있지
예쁜 쟁반에 메인 디시 놓고
새로 담근 오이김치 놓고 김도 놓고
텔레비전 앞으로 행차
카우치에 다리 쭉 뻗고 텔레비전 보며
냠냠
카레 오늘 따라 왜 이렇게 맛있는 거야

아들

너무 차니까 천천히 드세요
팥빙수를 시켜주고는 말한다
우리 로드 샌드위치에 있어

장마에 입맛도 없고 저녁도 하기 싫어
잘하는 샌드위치 집
먹다 생각이 나 문자

우리는 그 옆 빌딩에서 육개장 먹고 있어
바로 접선
지금 두 블록 떨어져 살지만
아들이 며느리의 남편이 된 후로
교양 있게 연락이 하고 싶어도 참는다
번개팅 좋네

아들 내외

띠리리리 리리리
익숙하게 현관문 여는 소리
밤 9시
저녁 먹고 산책하다가
아들 내외
며느리가 싼 김밥, 팥빵, 고추, 파
이것저것 자기 집에 있는 거
많은 거 나누어 가지고

잠자리에 들었던 남편 후다닥
이리저리 어질러놓고 드라마 보고 있던 나

아무 때나 들이 닥친다
자기들은 우리 집 맘대로 드나들고
우리는 자기네 집 오라 해야 간다
그래도 땡큐

마침 들려 보낼 것이 마땅치 않네. 원 참!

작은 고모

고모와 나는 같이 자랐다
아버지가 고모 잠옷만 사와 울었다
이불 속에서 발가락으로 꼬집기 일쑤였다
내가 친구 데려오면
이층으로 올라가라고 소리 질렀다
내가 전공을 정한 것도
학교생활도 고모 영향
이야기도 통했고
같이 여행 많이 다니고 옷도 사러 다녔다
나보다 10년 위

고모는 내 인생이다
80을 바라보는 노인
너는 전화도 안하니?

태미 고모

고모 시리즈 두 번째
시누님
나보다 나이가 많으신데도
오빠부인이라고 언니, 언니 하신다
항상 본인은 희생하고 양보하는
이른바 천사표
주위에 고모가 많아 조카이름을 앞에 붙였더니
아이들도 태미 고모, 태미 고모한다

승범이 낳았을 때
멋진 대나무 바구니 침대랑
기저귀 가방 주셨다
병원에 민어찜을 정성껏 해 오셨던 것도 기억한다

솜씨 좋은 고모
항상 진실하신 분
아프지 않고 편히 오래 사셨으면

아버지

우리 아버지는 수재셨다
고모가 그러시는데
선생님이 칠판에 문제를 내고 돌아서면
손을 들고 계셨다 했다
내가 교수 노릇한 것
조금 받은 아버지의 마지메 피
고등학교 1학년 때
돌아가셨다 뇌일혈
네가 영희냐?
하도 내 이야기를 하셔
주위 사람들이 나를 보면 물었다
다정하셨던 아버지
이젠 모습도 가물가물

엄마

우리 엄마는 끼가 많으셨다
달필에다 그림도 잘 그리셨고 글도 잘 쓰셨다
내가 지금 예체능인 건
엄마의 날라리 기질

텔레비전에서 보니 어려운 훈련 끝낸 군인
소리쳐 엄마를 부른다

엄마가 없다
부를 엄마가

아침

남편은 먹는 걸 아주 중시한다
아침은 일찍 일어나는 남편이 차린다
양쪽에 테이블 매트 깔고
수저받침에 수저 놓고 각각 큰 접시 하나씩
모든 것을 얌전히도 놓는다

토마토 기름 쳐 돌리고
검은 콩 삶은 거
당근 삶은 거
달걀 하나씩 삶거나 쪄서 놓고
고구마나 빵
요구르트 하나 믹스너트
발효식품이라고 김치
브로콜리 같은 파란 야채나 과일

내 앞에 바짝 밀어놓는다
하나도 빼놓지 말고 전부 먹으라고

외련

본인 말로 외가에서 낳아왔대서 외련
중병을 앓았던 여자
환갑을 살고 이제 살았구나 했던 여자
큰소리로 입을 크게 벌리고 많이 웃는 여자
마산사투리 숨기지 못하는 여자
그림 그리고 시 읽고 아름다운 것을 볼 줄 아는 여자
배우는 걸 멈추지 않는 여자
모자가 잘 어울리는 여자
공부 잘해서 약대를 나왔지만
약 파는 것이 어울리지 않는 여자
생선 만져 이웃과 나누고 그걸 즐기는 여자
모든 감각을 소중히 하는 여자
먹는 것, 보는 것, 듣는 것
죽을 고비를 넘겨 더 그럴 테지
아웅다웅하지 않는 여자
넉넉한 여자
자꾸만 생각나는 여자

정희

곤지암 산속에서 뜨개질하며 글씨 쓰는 여자
언제나 일본 아줌마처럼 다소곳한 여자
웃는 것이 다정한 여자
구수한 마산사투리 듣기 좋은 여자
야들야들한 아사 옷 언제나 넉넉하게
잔잔한 무늬 순면 블라우스가 잘 어울리는 여자
여려서일까
감동 잘하는 여자

몇 날 며칠 길거리 고양이 밥 주는 여자
외출해 돌아올 때면 동네 강아지도 항상
길 언저리에 나와 맞는다네

마음이 따뜻해서
선해서
천사 같아서
생각하면 미소가 지어지는 여자

Red Circle 2011 117×191cm mixed media on canvas

오늘 뭐 했나

남편이랑
장충동 평양냉면에서 냉면, 만두 먹었지
먹고 나오니 소나기가 퍼부었다
문간에서 15분 쏟아지는 비를 보았다
둘이 꼭 붙어
팔짱 끼고 작은 우산 같이 쓰고
지하철 타고 집에 왔다

오늘 뭐 했나
둘이만 사는 우리가
팔짱 끼고 맛있는 거 먹고 왔으면
잘 지낸 거지
삶이 별건가
오늘 잘 지낸 거다

변화라면 질색

터널을 뚫는데 양쪽에서 그냥 대강 뚫다
만나면 다행이고
혹 안 만나 두개가 뚫리면 이 어찌 아니 좋으랴
나는 임어당의 이 이야기를 좋아한다
우리 집 남자
자로 재고, 보고 또 보고 틀림없이
하나의 터널을 뚫어야 하는 사람
변화 우리 집 아저씨 스타일 아니다
지하철을 타러 가도 꼭 그 자리에 서라고 한다
이 자리에 서야 어쩌고저쩌고
외식도 가는 집만 간다
모처럼 내가 개발해 데리고 가면
툴툴대며 흠을 잡는다
새로운 환경에 대한 불안
여행 중 간혹 잘못돼 고생할 때
엄청 화를 내고 어찌할 줄을 모른다
아오모리 오이라세 계곡을 걷다 길을 잃었다
저리 가면 좀 돌지만 호텔이 나올 거야
굳이 왔던 길을 되돌아 땀범벅이 되어

남편과는 새로운 일을 잘 도모하지 않는다
돈쓰고 열 받아가며 바깥에 나가
이 짧은 인생 소모할 일 없어
가능한 한 신경 쓰지 않는 여행을 계획한다
믿을 만한 사람이 다 짜놓고
가자고 하는 여행 제일 좋아한다
지난번 홋카이도 자유여행 참 용케도 다녀왔다
그런 사람하고

고민

추석이다
며느리들이 제일 싫어하는 것
명절에 일하러 시댁 가는 것
방송이고 신문이고 떠든다
작년 가을 들인 며느리
배는 불러 산만 한데
과연 불러다 전 붙이라 시켜
얻어먹어야 하나
아니면 쿨하게
아가 몸도 무거우니 밖에서 먹고
후식이나 집에서 먹자 할까
그간 많이도 외식했는데
명절이나마 햅쌀로 밥 짓고
토란국에 녹두전, 불고기, 나물로 집에서 먹자 할까

첫 추석이니 오라 해서 일 시키세요
누가 말하지만 영
내가 대강 만들고
설거지나 시키지 뭐

추석날

작은아버지 돌아가신 후 가족모임이 없다
길게 상 놓고 작은아버지 작은어머니
고모 고모부 사촌 자손들 북적
진한 토란국에 갈비 먹던 설
금년 추석은 아들 내외와 단출하게
배도 부르고 하니 토란국 해서 밥 먹고 설거지나 해라
추석에는 며느리가 와서 음식을 해야지
시어머니가 다 해놓고 초대하는 꼴 웃기잖아
뭘 그렇게 따지나
토론과 숙고 끝에 이렇게 선언
새 며느리가 부담이 되었던지 갈비찜을 해왔다
밤 넣고 은행 넣고
잣 넣고 지단 노랗고 하얗게 따로 얹고
젊은 사람이 제법
밤새 기름 걷고 애썼는지
치우자마자 슬그머니 들어가더니 잠이 들었다
아직 익숙지 않은 시댁에 온다고 신경 많이 쓴 모양
기특하고도 측은한 것

50

마트

오늘 장에 가야 하잖아?
남편이 대부분 먼저 장 보러 가자 한다
자기가 먹는 토마토가 떨어졌을 때
참 먹을 것 많기도 하여라
예쁘게 손질해 놓고 사가세요 한다
산더미처럼 쌓인 싱싱한 야채 과일이
나를 집어가세요 한다
카트 큼직하다
기탄없이 집어넣으라고

우리 남편 먹는 욕심이 많아
마트에 들어서자마자 보이는 거 다 살 기세다
가만 둔다
내가 사는 것 대체로 그게 그거니
별난 것 사라고 두는 것이다
그래야 먹을거리가 좀 다양할 테니
그런데 웃긴다
본인 체질에 맞지 않다고 생각하는 건
사지 말라고 하니 도라지 같은 거

원 참

내 입은 입이 아닌가

내 카드로 결제하는 마당에

안 맞아

남편은 어디 갈 데가 있으면
그 시간 맞추는 것을 뭐 대단한 수학이라도 하듯
계산이 요란하다
이러저러하니까 집에서는 8시 40분에 떠나야 한다구
9호선을 탈 때는 주문이 못 말린다
급행을 타려면 몇 시에는 꼭 나가야 해!
정해놓은 원칙에 맞추지 않으면
아주 속상한 모양이다

나는 그렇다
급행이 오면 급행 타고
보통이 오면 보통 타고
급행이 요행히 오면 빨리 가서 좋고
보통이 오면 그다지 복잡하지 않아 좋고
이런 나와 남편은 극단적으로 안 맞는다
지금까지 어떻게 살았는지 몰라

유학 가는 아들에게

아들이 몇 년간 예정으로 유학
논산 훈련소도 갔고 연수 등으로 집을 떠나기도 하여
그저 그러려니 했는데
막상 며칠 있으면 방이 빈다고 하니
여러 가지 생각이 밀려와 편지를 쓴다

아들이 아빠, 엄마에게 있어 얼마나 소중한 존재인지
그 소중함에 대해 표현하지 못한 점 후회되는 점
절절이 적는데 눈물까지
이런 말 처음이고 정말 쑥스럽지만
사랑한다. 그리고 자랑스러웠다
건강하게 잘 다녀오길
기다릴게

빼곡히 두 장 편지를
떠나는 아들 가방에 넣어 주었다
비행기에서 보라고
도착 전화 하는 중
편지 봤어?

응

끝이다

감동이야 라는 소리라도 들을 줄 알았나?

수영장

텀벙거리며 수영을 하는데
갑자기 뱃속 깊은 곳에서부터
울음이 끓어올랐다.

꺼이꺼이
큰 소리로 울었다.
그 울림과 그 물보라로
내 울음은 묻힐 것이기에

엉엉
울음을 울었다
딸을 미국으로 떠나보내고 나서

나물

말린 나물을 불릴 때면
승연이 생각이 난다
사위가 나물을 먹고 싶대서
미국 갈 때면
고사리, 취, 참나물 말린 것들을
한 보따리 싼다
바락바락 씻고 또 씻고
들기름 넣고 간장 넣고 파, 마늘 넣고
나물을 볶는다
우리 딸이 좋아하겠지
자기 신랑 잘 먹을 테니

시어머니

우리 딸 시어머니
친정 엄마보다 나은 시어머니
딸에게 못하는 말 며느리에게 다 하시는 분
사랑을 실천하시는 분
흉이 많음에도 항상 며느리 칭찬을 하시는 분
70이 내일모레인 연세에
차 몰고 롱아일랜드 맨해튼 뉴저지
파킹 찾아다니며 누비신다
베이비시터 자격증 소지
트럼펫인가 악기공부 열정이 많으신 분
1년에 성경 10독 남 1독도 못하는데
신실하신 믿음

며느리 아기 낳았다고 냉큼 오셔
먹고 싶다는 거 뚝딱 만들어 먹이신다
칼국수 근사하게 인증 사진
미역국이랑 반찬 한 상 늘어놓은 사진도 첨부
엄마! 시어머님이 맛있는 거 많이 해주셨어

미안하다 안사돈에게
고맙다 그지없이
산후 내 딸을 보살펴주시니
고맙습니다 고맙습니다 말씀드려라 이 말밖에

전화로 인사했다
얼마나 수고 많으시냐구
아니에요 아니라니까요

시장

날씨가 좋다
낮은 신발 찾아 신고
헝겊 장바구니 핸드백에 챙겨 넣고
몇만 원 지갑에 넣고
집을 나선다

시장에 가면 어질어질
길도 꼬불꼬불
온갖 물건들이 이곳저곳 산더미다
아줌마들 한 보따리씩 들고
요리조리 빠져 다니는데
도무지 나는 어질어질하다

무엇이 좋은 건지 나쁜 건지
싼지 비싼지도 모르겠다
챙 달린 모자 하나 살 요량이었는데
완두콩 한 봉지
양산 세 개나 샀다

시장에 가면 어질어질하여
안 살 것 사고 살 것은 잊는다

파티가자 2010 27×26cm mixed media

귀찮아

떡국 씹기 귀찮다 한다
포도 일일이 따먹는 것 귀찮다 한다
우리 남편
그리 좋아하는 생선
가시 발라 먹기 귀찮아 어찌 먹노
귀찮아
내가 아주 싫어하는 말

누구 닮았나

아빠 쏙 빼닮았네 아빠 쪽 사람들
엄마 닮았네 엄마 쪽 사람들

이거 어떻게 된 일?
아빠 아는 사람 아빠 닮았대고
엄마 아는 사람 엄마 닮았대고
자기가 아는 모습 잘 보이니 당연

떡 파이

며느리가 구웠다고 떡 파이
견과류 많이 넣고 건포도 넣고
떡을 넣어 만든 파이
어떻게 떡 넣은 개량 파이를 생각했는지
달지도 않고 촉촉한 것이
기름기도 없는 것이 담백하고 맛있어
너 파이장사해도 되겠다 문자메시지 날려 주었다
요렇게 맛있는 거 만들며
시간을 보내고 있는 만삭 며느리
종이 트레이에 파이 넣는 포장이랑 마무리 철사까지
완전 전문적

여보게

결혼시키자마자 뭐 그리 급하다고
다음날로 떠나보내고
장모 노릇 할 때
마음이 아팠네
자네도 아팠겠지
내 딸은 내 딸이네
아무리 시집을 가도
어쩌겠나
그러나
내 딸이 진통할 때
그 옆에 내가 아니라 자네가 있다는 것
자네 짝인 것을
어쩌겠나
이제 둘째도 낳았고
시어른들께서 진정으로 딸처럼 보살펴주시니
나는 조용히 응원하겠네
어쩌겠나
잘 돌보아 달라고 기도할밖에

며느리에게

미대 선생 했던 시어머니라고 얼마나 어려웠겠니
혼수이불 한 거 보고 단박에 알아차렸다
회색과 아이보리 배색의 그것을 보며
편하게 스스럼없이 대해 주면 안 되겠니?
학생인 내 아들과 결혼해주어 고맙다
내 아들 정서적으로 안정되었다 생각하지만
답답한 면도 있을 텐데
독립적이고 야무진 시내가 짝이 되니
얼마나 감사한지
내 아들 옆에 시내가 붙어 다니는 거 보면
그렇게 보기 좋을 수가 없구나
나는 딸도 미국에 가 없고
아들 며느리 옆에 있는 것만으로도 든든하다
쿠키며 파이며 김밥이며 해오는 거 보면
어찌 그리 솜씨가 얌전한지
아가, 우리 같이 시장 갈래?
며느리 보면 한번 하리라 했는데
직장에 배까지 불러 말도 못 꺼냈지
시내 닮은 머리 좋은 아기 잘 낳거라

친구

대학사회에서 30~40년 생활하다 밖에 나오니
동창이 생소하였다
그들의 사고방식, 언어, 삶의 방식들을
감당하기가 버거웠다
이메일조차 잘 안 하고 스마트폰도 없고
교감으로 은퇴한 초등학교 동창까지도
"나 은퇴하면서 컴퓨터 끊었어!" 한다

딱 이런 생각으로 은퇴 후
마땅히 친구를 만나지 않게 되었다
은퇴한 지 2년 반
아직은 제자들이 번갈아 불러내
영화도 보여주고 가로수 길도 동행해주고
차 태워 아울렛도 데려가 준다
야! 윤경이 여전히 가끔 잠수 타냐?
아직은 제자가 친구다

주명이

며느리가 드디어 아들을 낳았다
할아버지가 몇 날 며칠 사전을 봐가며 작명
최주명 주나라 周 밝은 明

모든 아이 영글어 나오나 보다
금방 눈을 뜨더니
이리저리 목을 빳빳이 하고 둘러보기까지
요즘엔 발육이 빨라
돌 전에 걸어 자기가 떡을 돌린다나?

시금치 두 단

젊은 제자들과 왁자지껄 이야기 도중
얘! 시금치가 두 단인데 하나 가져가라
그리고 상추도 너무 많아
귤도 놔두면 상하니 반 덜어가고
시어머니는 냉장고 뒤져가며
며느리에게 이것저것 싸주느라 부산하다
이럴 때 며느리
내가 일 안하고 남편만 벌어
생활이 궁색할 테니 주시는 걸까?
야채 좀 자주 먹이라고 주시는 걸까
나물 다듬어 무치는 것이 얼마나 힘든데
왜 이런 거 자꾸 주실까
이렇게 다양하게 생각한단다
아들네 오기만 하면 뭐 줄 것 없나 챙겼는데
으이 이제 조심해야겠다
요즘 세상 참!
며느리와의 관계 보통 어려운 것이 아니네

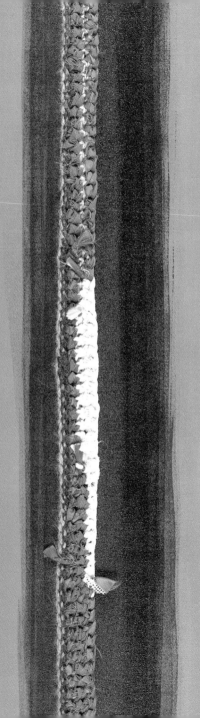

살며

Green 2011 박지윤리 활혁 100×65cm mixed media on canvas

이불

우리는 방바닥에서 각각 요를 깔고 잔다
이불 호사를 한다고
금방 해어지긴 할 테지만 본견으로 했다
보들보들한 것이 몸에 감긴다 가뿐하다
승범이가 우리 이불을 끌어안고
'나도 이런 이불 해줘' 했다
목화솜을 버릴 용기도 없고
엄두가 안 나던 차 마침내 개비할 때가 왔다
이담 아들 장가갈 때 얻어 가져야지
예단 같은 것 필요 없고 우리 이불이나 해 주렴
드디어 생긴 며느리에게 주문했다
자잘하게 누빈 요
두툼하니
여름엔 시원하고 겨울엔 따뜻한 리넨 이불
우리는 매일 밤 호사를 한다

루주

어디 편찮으세요?
오늘 안색이 좀 안 좋으세요
너 말랐다
루주 바르지 않은 날

〈꽃들의 전쟁〉 드라마에 힘입어
새빨갛게 좀 칠하고 나가면
얼굴 좋다 얘
좋으시네요
한다

루주가 뭐길래
사람을 이랬다저랬다

바쁜데 왜 왔어

바쁜데 왜 왔어
잘 왔다

그런 거 필요 없다
그런 거 사줘도 된다

별일 없지?
나 심심해

며느리가 사줬다는데 별난 거 입었더라
나도 그런 것 입고 싶다

뭘 이런 거 사왔니
사와서 고맙다

어르신들 말씀은 반대로 들어라
왜 그럴까
배려해서 그러신 거다
보고 싶은 자녀가 바쁜데 와주니 미안해서

그게 가지고 싶은데 사 달래기가 미안해서
겸연쩍어 그런 거다

낙엽이 뒹굴면

좀 어수선해
종종걸음으로 빨리 걸어야 할 것 같고
자동차가 지나간 자리에
낙엽이 뒹굴며 따라가면
나도 어딘가로 따라가야 할 것 같아

그러다 비가 내려 낙엽들마저
청소부 아저씨가 다 쓸어버리면
걸음마저 느려지겠지

어느 날 갑자기

무슨 영화제목 같지만
아파트 앞길 은행나무
하루아침에 갑자기 노랗다
어제는 시퍼랬는데
이번 가을은 낙엽이 늦게 지나봐 했는데

사람도 그렇더라
어느 날 갑자기 보니
머리가 하얗다

1호 터널 앞에서 남산을 올려다보니
어느 날 갑자기
알록달록 물이 오르고 있다
시간은 천천히 오는 것이 아니라
어느 날 갑자기 오는 건가봐

비교

어떻게 비교를 안 하고 살아 사람이
옆 차선 빨리 가도 약 오르는데
저 사람 어디서 저런 에너지 나올까
쉴 새 없이 수영장을 왔다 갔다 하는 부인을 보며
어떻게 비교를 안 하고 살아 사람이
남의 남편 남의 아이들
어떻게 비교를 안 하고 살아 사람이
아랫집 손녀딸 동갑인데 우리 시야보다 작네
텔레비전에 나온 저 사람
일흔다섯이라는데 왜 저렇게 젊어?
그 참외는 얼마 주고 샀어요?

옷

옷이라고 다 옷이 아니다
멋만 있는 것
비싸게 주고 산 건데 별 소용이 없는 것
그거 떡하니 걸려 있는 거 볼 때마다 짜증
조이고 불편한 것
입고 나갔다 오면 머리가 아프고
배도 아프고 소화가 안 되는 옷이 있다
어떤 것은 목 뒤로 바람이 술술 들어와
감기가 드는 것도
멋은 없는데 입으면 안 입은 듯
아무리 입어도 싫증이 나지 않는
부딪지 않고
오래전부터 입었던 것 같은
욕심을 부리자면
그러면서 사람들 볼 때마다
좋다고 하는
그런 옷이 옷이다

병자랑

오른쪽 발가락 두 개가 멍멍하고 찌릿찌릿해요
병은 자랑하랬다고
목욕탕 뜨거운 물에 들어앉아

내 말 끝나기도 전에 자기 발가락은
쥐가 난 것이 그대로 들러붙었다며 발을 들어 보인다
두 개끼리 세 개끼리 붙어 있다

옆에 좀 젊은 부인
나는 손가락이 이렇게 휘었어요
뼈 주사 맞고 좀 나았는데 또 그러네
일도 못하고 아파죽겠어요

정말 무슨 말을 못한다 내가

폭폭폭

폭폭폭 밥 되는 소리
구수한 소리
기분 좋은 소리
밥솥 뚜껑을 열면 쉬이익
윤기 자르르
오롯이 서 있는 밥알들

밥을 푸며 아까워
주걱에 붙은 뜨거운 걸
호호하며 손으로 떼어먹는다

허기에 밥 몇 알 들어가니
달다
나이 들면 탄수화물 줄이라 했건만

거울

은퇴 전까지 나는 나이를 세지 않고 살았다
대학생들과 지내면서
나이 들었다는 생각은 없었다
아침에 일어나면 당기든 말든
얼굴 보는 것은 뒷전

2년이 지난 지금
바짝 들이댄 거울에 몰골은 리얼
처진 눈두덩
입 옆에 늘어진 볼살

피부과를 정기적으로 다니고
가꾸고 하여 윤기가 나고 팽팽한 친구들
이제는 안 되겠구나
눈뜨고 일어나면 제일 먼저 세수를 하고
무엇부터 발라야지

박완서의 민얼굴 주름진 얼굴
편한 스웨터 차림이 생각나면서

이내 아냐
얼굴 같은 건 아무것도 아냐
그까짓 것 아무것도 아냐
금방 거울을 던지고 일거리를 잡는다
거울이 없으니 처진 살도 없다

물

물이 생명인 줄 아는 것은
야채나 생선이 썩으면 물이 나오지
그 속에 물기가 있어야 생명
사람도 그렇겠지

나이가 드니 입이 마르고
피부도 머리칼도 푸석푸석
물이 빠지고 있는 거겠지
물은 생명
물 한 잔 귀중한 것

우리 차 한 잔 할까?
생명을 나누자는 말

콘트라스트

"여기 앉으세요."
바쁘고 피곤한 젊은 사람들
자리를 공연히 뺏는 것 같아
애써 피하려 했지만
또 어느 착한 젊은이에 의해 자리에 앉혀진다

젊은이들…
스마트폰을 만지작거리거나 재잘거린다
탄력 있는 피부에 통통 튀는 행동
옆에 앉은 검은 슈트의 청년
무슨 프레젠테이션이라도 있는 걸까?
PPT 자료를 열심히 뒤적인다
아름다운 청춘들

맞은편 창을 통해 누군가가 비친다
그들 사이에 앉아 있는 내 모습
흔들리는 전철로 어두컴컴하니
일그러지기도 하면서
더욱 강한 콘트라스트에 그로테스크하다

"아니! 언제 저런?"
황급히 허리를 펴고 얼굴 매무새를 정리할 양으로
미소를 띠며 표정을 바꾸어 본다
선명하게 드러나는 세월의 훈장

경로석
저분들은 저리도 편안히
졸거나 무심한 얼굴을 하고 있구나
그래!
굳이 젊은이들 사이에 끼어 비참해질 필요 없다
연세가 더 드신 노인 옆에 앉자
좀 나아 보일 테니 거리낌 없이 감상하자
5년, 10년 후, 어느 때
콘트라스트 따위 느끼지 못할 그날보다
지금 얼마나 젊은가

Rugs 2011 100×100cm 내외 30×30cm 내외 mixed media

얼굴

예쁘게 생긴 사람 자기 얼굴 감상하면서
시간 가는 줄 모르고 화장하겠지
더 예뻐지는 모습에 취해

못생긴 사람 사실 결점 커버하며
더 정성껏 화장해야 하는데
보는 것이 힘들어서 대강 하고 만다

밝은 날 창을 마주보고 화장하면 그나마 자존감 꽝
늘어진 볼살도 주근깨도 티도 적나라
로션에다 파운데이션 슬쩍 뚝딱

여자는 자기가 보는 자아와
남이 보는 자아 양면이 있다지
남이 보아 어떤 건 둘째

우선 내가 내 모습 봐줄 만해야 화장도 할 맛
기초부터 있는 것 다 발라가며
눈썹도 정성껏 한 올 한 올

아이새도, 볼터치 섭렵
그래봐야 그 얼굴

희한한 건 우리 딸
엄마가 예쁘단다
그 말 곧이들릴 리 없다가
어느 광선 좋은 날 사진발 받은 한 장
꽤 괜찮게 나왔다
내가 정말 예쁜가봐
착각도 잠시
운전면허증 주민등록증 사진이 지갑에서 웃는다

여자의 물건

《남자의 물건》이란 책이
서점 맨 앞에 진열되어 있다
저자의 말투가 느껴지는 제목이나
실은 남자의 기호품에 관한 내용
남자만 물건이 있나
여자는 더 많다
그 책에서처럼 여자는 물건을 자랑하지 않는다

여자의 물건은 생활이다
화장대 서랍에서 언제든 얼굴을 내밀고 있는
오래된 손거울 빗
장욱진의 그것처럼
언제 입어도 만족하는 검은 터틀넥 스웨터
아들야들 누구에게 보일 수 없는 속옷들
꼭지가 부실해도 길든 냄비
좋아하는 부엌칼

여자의 물건은

자랑하기 위해 모은 것이 아니라

인생이 묻어나는 스토리이다

커피

여행길에
거한 아침식사 후
마시는 커피는 맛있다
올라에서 파스타랑 고기 먹으면서
마시는 커피는 맛있다
피곤한 오후 카페에서 케이크 한 조각과
마시는 커피는 맛있다
길가다 풍기는 원두
볶는 냄새도 맛있다

커피 광고만 보아도 맛있다
실은
커피를 마시면 잠이 안 온다
에라
잠 안 올 걸 각오하고
맛있어서
커피요! 한다

감각

늙어 눈이 나빠지는 건
덜 보라고
대강 보라고
늙어 후각이 미각이 무뎌지는 건
그만큼만 느끼라고

집에서 입는 옷

집에서 입는 옷
한꺼번에 서너 개
기온 따라 기분 따라 이거 입었다 저거 입었다
아침에 일어나면 좀 선선하여 도톰한 티셔츠
왔다 갔다 하다 보면 열이 나 얇은 티
한나절 반바지
저녁때쯤 다시 좀 으쓱하여 긴 치마

귀찮지 않느냐고요?
천만에요
하루 종일 같은 옷 입는 것이 지루하기도 하지만
부실한 몸
기온 따라 맞춰 주지 않으면 금세 재채기
이삼일 서너 개 그렇게 입다가 한꺼번에 세탁
그다음 입을 다른 옷 서너 벌을 찾는다

아파야 산다

얼마 전부터 아픈 발가락에 온 신경이 가 있다
통풍기가 왔나? 오리고기를 먹고 난 다음날이라서
이제 몸이 점점 무너져 내리는구나
우울한 생각이 엄습하던 차
이럴 때
아파야 산다

동의보감 이 글귀 눈이 번쩍
기, 형, 질이 생기는 과정에서 질병도 생긴다
질병이란 특수한 고통과 결여의 상태가 아니라
생명을 위한 필연적 조건
기의 이합집산이 형과 질을 이루는데
이 형질을 갖추기 위해 필요한 것이
왜곡 또는 편향 현상
존재는 물리학적으로 보아도 태생적 불균형
23.5도 기울어진 지구
태양이 도는 길 황도는 찌그러진 타원형
완벽한 구 지구가 원형의 궤도를 돈다면
차이와 균열이 일어나지 않아

생명체의 탄생은 불가능
모든 존재는 원초적으로
불균형적인 질병을 가지고 태어난다

요컨대
어긋남 기울어짐 울퉁불퉁함에 의해
우리 생명은 만들어졌고
태어남 자체가 질병
내 존재 자체가 질병
질병 없는 존재는 없다
샤론 모알렘
'병이 있음으로 해서 우리가 살아가는 것' 진리다

추웠다 더웠다 추웠다 더웠다

하루에 열두 번도 더
추웠다 더웠다 추웠다 더웠다
운전할 때도 창문을 열었다 닫았다 열었다 닫았다
에어컨 켰다 껐다 켰다 껐다
누가 보면
꼭 미친 사람 같다 할 꺼다
하루 종일 옷을 입었다 벗었다 입었다 벗었다
추운 거 그냥 두면 금세 코가 맥맥
더운 거 그냥 두면
나중에 으슬으슬
70년 썼는데
온도조절계 맛이 갈 때도 됐지 뭐

썩어질 몸뗑이 애껴서 뭐한대유?

이거 뇌에 좋대요
옥이 좋대요
치매예방약이 나왔대요
그 몸 어찌될까봐 좋은 거라면 다 먹고
꼬박꼬박 종합건강검진하고
때맞춰 과별로 의사 만나고
좋다는 운동 좋다는 활동
좋다는 약 찾는 사람들
썩을까봐 두려운 사람들
썩어질 몸뗑이 애껴서 뭐한대유?
무지렁이 촌로
어떻게 하면 저렇게 죽음에서 몸에서
자유로울 수 있을까
들판의 촌로

정기검진 날짜가 다가오고 있다

볼펜

웬 연필 볼펜들이 그리 흔한지
여행 다니며 집어온 거
길거리에서 받은 거
어디선지 모르게 생긴 것이
이 통 저 통 가득하다
막상 쓰려 하면
막혀 잘 안 나오는 거
투박하니 쥐기 우악스러운 거
한 번씩 몽땅 쓸어 버려도 금방 가득가득
그런데도 어떨 때 가방에 볼펜 하나 없어
이리 뒤지고 저리 뒤진다

손 글씨

손 글씨가 컴퓨터보다 뇌 활성에 더 좋다지?
눌러 쓰며 촉감을 느끼기 때문
근데 볼펜은 미끌미끌한 것이 별로
잉크를 묻혀 쓰던 펜이 좋았다 사실
누구누구 문학관 같은 데서 보는 원고
거기에는 그분들의 숨결이 있다
나는 연필이 좋다
쓰다가 그리다가 지우다가
근데 샤프는 별로
가늘어 터진 것이 소갈머리 없는 얌체 같다
힘 좀 주려 하면 부러지는 것
쓰고 나면 돌려 쏙 나오게 하는 품위 없는 것
아이들은 샤프를 잘 쓴다
손쉬워서
칼로 연필을 깎으며
이런저런 생각하는 그 맛을 모르지
애들은

리바백 2010 32×16cm mixed media

돋보기

책상 위마다 돋보기
피아노 위에도 돋보기
냉장고 옆에도 돋보기
가방마다 돋보기
화장실에도 돋보기
소파며 의자마다 돋보기
재봉틀 옆에도 돋보기
이렇게 하지 않으면
만날 돋보기를 찾아다닐 수밖에

예감

이상하지?
갑자기 난데없이 개 생각이 난다
전화가 온다
어쩐지 개를 만날 것 같다
딱 마주친다
연세대학교 앞 건널목을 건너다
새로 지은 세브란스를 올려다보며
저기 들어가면 어떨까?
그런 생각이 스친 후 조금 있다 입원했다
나는 내가 무섭다 어떨 때

실수

수영을 하고 나와 가운을 입었다
주머니에 있어야 할 로커 키가 없다
의자들을 살피고 바닥을 살피고
트레이너들까지 나와 찾아보았다
없다
그사이 누군가가 내 키를 가지고
로커를 열고 카드를 가져가지 않았을까
어쩜 벌써 긁었을 수도
수영장에서 로커 룸까지 오는 동안 허둥지둥
일단 마스터키로 로커를 연다
휴우 있다 카드가
비참하다 내 모습
그깟 카드가 뭐라고
순간 의심한 그 누군가에게도 미안하다
어찌 씻었는지
샤워를 하다 생각났다
옆에 걸린 남의 가운을 입고 나온 것이다
오늘 또 헬스장에서 작은 실수
안경을 선반 위에 놓고 그냥 나와 도로 가 찾아왔다

요즘 더워 그런가
아님 맛이 가고 있는 것일까

부부붕 부부붕

클라리넷 소리는
어스름 저녁에 듣는 것이 좋다
모차르트 클라리넷 협주곡
〈아웃 오브 아프리카〉 주제곡

이 음악만 나오면
아프리카
붉은 하늘 저 너머 코끼리 떼의 실루엣
메릴 스트립과 로버트 레드포드
노란 경비행기 밑으로 야생동물 물새 떼가 생생
머리 감겨주던 그
음악은 이미지를 동반한다

신경

난생 처음 신경과에 갔다
발가락 때문에
신경을 많이 썼더니 힘드네
신경이 예민해졌어
그 사람 무신경이야
신경질 나 죽겠네
신경 건드리지 마
신경이란 말 참 자주 쓴다
가만히 생각해보니
신경이란
정신인가 봐

기억은 돈

영혜가 전단 쿠폰을 오려다 주었다
지갑에 잘 넣고 다녔다
제일제면소 두어 번 갔었는데
전연 생각도 못하다가
어느 날 줄서 기다리는데 문득 꺼내보니
7월 말까지
오늘 8월하고도 일주일이나 지났다
아차 10% 할인에
뭐 하나 더 시킬 수 있었는데 아깝다
사무실 계약할 때 열쇠를 받았다
나올 때 반환해야 하는데
서류서랍을 아무리 찾아도 없다
5만 원 물었다
몇 달 후 집 책상서랍
계약서 봉투에 얌전히 들어 있다
으이그
머리를 쥐어박는다

앨범

여고 시절
대학생 때
결혼식
아이 낳고서
생일파티
초등학교 입학식
졸업식
어른들 생신
아들딸 결혼식
여행
손자 손녀
몇 장의 사진들
이것이 나의 인생 전부

할까 말까

정은광의 책
마음을 소유하지 마라
갈까 말까 할 때는 가라
줄까 말까 할 때는 주어라
말할까 말까 할 때는 말하지 마라
먹을까 말까 할 때는 먹지 마라
살까 말까 할 때는 사지 마라
좋은 말이다
왜 우리는 이렇게 항상 갈등할까
그냥 한 가지 마음만 들 것이지
이러니까
괜히 갔나?
괜히 줬나?
괜히 말했나?
괜히 먹었나?
괜히 샀나?
사람만 쪼잔해지지
여자는 남자보다 더 그렇지

어찌할까

성형인간들
물릴 수도 없잖아
100살까지 산다는데
그 얼굴 그대로 있을까
척 보면 아는데
왜 그 성형 많이 한 솔리스트 있잖아
before and after
통통하니 불린 이마 볼
지하철 광고에 나오는 사람들이
여기저기 앉아 있다
텔레비전에도
어쩔 수 없는 성형이야 누가 말하나

음성

뒷좌석 사람들 말소리
저 남자 어떻게 생겼길래
얼굴 보고 싶어진다
목소리가 하도 좋아서
장일범의 아침 음 - 아악
FM라디오 아침 9시
목소리로는 키는 작고 몸집은 왜소하고
피부는 희겠다 싶었다
말하는 걸로 봐서 진정성 있는 사람이긴 한데
잡지에서 본 그의 얼굴
완전 투실투실 인상 좋은 미남형
딴판을 보고서도 매일 아침 장일범은
키 작고 왜소
이미지란 참 무서운 것
한번 고착되면 잘 바뀌지 않는 것

Red and Black 2011 50×38cm mixed media on canvas

무대뽀

나는 무슨 성격인지 좀 데데한 데가 있다
좋게 말하면 덤덤
미국에 약간의 축의금을 보낼 일이 있었다
계좌 알려달라 하기도 번거롭고
비치지 않도록
접은 편지지 속에 달러를 넣어 그냥 부쳤다
없어지면 어떡하려고 그러느냐
걱정이 장기인 남편
없어지면 말고
잘 가면 다행이고
편지봉투에 부친 우표 떨어질까
불안하다는 사람도 있는데
나는 참 무대뽀다

덥다 더워

덥다는 소리가 자동적으로 나온다 속에서
도저히 집에 있을 수 없다
아침에 극장가고 점심 사 먹고
오후에 헬스장에서 시간 보내기가 며칠째
저녁까지 시원한 데서 먹고 들어올 때도 있다
이렇게 살아도 되나
좋기보다는 죄스런 맘
아니 그보다
재미없다 왜?
보람찬 하루가 아니어서
책방에 앉아 책을 들었다
이제야 좀 낫다 마음이

고려당 도넛

종로1가 고려당
그 근처만 가도 은은한 계피향
하얀 설탕가루 묻은 동그란 도넛
싱싱한 앙꼬가 삐죽
운 좋으면 호두도
따끈따끈한 그거
그거 입에 물면 얼마나 좋았던지

오래전 탈이 나 한참을 음식 조심하다가
아무거나 먹으라는
의사선생님 말씀에
단박에 뛰어가 한 봉지
참지 못해
버스 뒤칸에서 덥석 먹던 그거
고려당 도넛

동반

영화 〈아무르〉를 보았다
사랑
주인공
어느 날 변해버린 아내를 극진히 간호한다
병원에 다시는 데려가지 말아달란
약속을 지키며
극한에 온 아내
끝내 아내를 잠재우고 그녀를 따라 나선다
죽음의 동반

서부요양원 중증 환자들
마른 눈이 촉촉해지며
내일 또 오느냐
찬 손을 내밀던 그분

좋다

지금 새벽 2시
임태경 노래를 이어폰으로 듣는다
좋다
이렇게 밤늦게 깨어 있을 수 있어 좋다
내일 아침 수업이 없으니까 좋다
내일 아침 회의하러 오란 데가 없어 좋다
원고 달라고 재촉하는 사람 없어 좋다
그냥 쓰고 싶은 걸 아무 때나 쓰니 좋다

재미있는 일거리
아무 때나 하고 싶을 때 하는 일거리
이런 일거리가 있어
좋다

감동

어디서 들은 이야기
아픈 올케더러 시누이가 말했다
뭐 사 갈까요?
아가씨 자체가 선물이에요
머리에 리본이나 달고 그냥 오세요
공감 100도다

밥

밥 먹었니
밥 줘
언제 밥 한 번 먹자
밥은 꼭 챙겨먹고 다녀라
밥 밥 밥
싸움도 꼭 밥 때문에 한다
밥이 뭔지
밥 한 그릇 김치하고 찌개하고
먹어줘야
눈이 바로 보인다

신발

신발 정말 못 말리는 아이템
한번 잘못 신고 나갔다간 며칠 무릎은 물론 허리까지
옷은 차려입었는데 신발 때문에 패션의 미완성
굽 낮은 신발만 신자니 욕구불만 충천
오늘은 지하철 인생이니 두말 말고 쿠션 많은 그거다
오늘은 차를 타고 교회 가니 굽 있는 거 신어볼까?
오늘은 집 근처 얼마 안 걸을 테니
이 정도는 괜찮겠지?
거기다 색깔 디자인도 고려해야지
구두 신는 데 쓰는 신경 만만치 않다
잠수함 같은 시니어 기능성 구두
좀 모양 있다 하면 그건 애들 구두
구두 호사는 물 건너갔지만 그래도
좀 나아보이는 것 어디 없나?
미국만 가면 할인매장에서 구두쇼핑 1순위

머리

나 같은 사람만 있으면 미장원 망한다
한 달에 한 번 커트
물도 안 들이고
뭐 별로 스타일도 없이 그냥 자르니
비싼 집에 갈 필요도 없다
한때 남성전용 미용실 블루클럽에도 갔었다
머리 빗는 시간도 따로 없다
그냥 손가락으로 엘리베이터 거울 보며 쓱쓱
어떨 때는 머리 빗지 않은 날도 있었을 터
그래도 사람들 괜찮다 한다
내게 잘 어울린다고
목욕탕에서 사람들 보면 벌써 나간 사람이
아직도 헤어롤을 말고 앉아 있다
머리 때문에 속상하거나 신경 쓰는 일 없어
일생 편하게 지낸다
시간 절약 돈 절약
근데 그 절약한 시간으로 무얼 했나

다른 사람 이야기

내 사돈댁의 동생이 어떻고
그 어디 무슨 부인은 어쩌고저쩌고
우리 사촌의 친구의 동창은 어떻고
어디 나오고 어디 사는 그 사람 어쩌고저쩌고
그 키 큰 여자가 이러쿵저러쿵
사람들은 왜 다른 사람에 대해
그리도 관심이 많을까
요새는 문자메시지로도 온다

나는 지금 이런 걸 만들고 있고
이런 책을 읽고
이런 계획을 가지고 있으며
이런 영화를 봤고
이런 데를 여행하고 싶으며
이렇게 살고 싶다
우리 마당에는 이런 꽃이 피었고
우리 강아지는 요즘 더 예뻐지고 있다
이런 이야기는 재미없는 것일까
인간은 참 속된 것

남의 이야기가 재미있는 것을 보니
특히 흉보는 것이

잔치 박지윤과 협업 2011
117×90cm
mixed media on canvas

신기하다

아기는 백일 정도까지
멀건 우유만 먹고도
뼈가 단단해지고
살이 토실토실해지는 것이
신기하다
소도 신기하다
여물만 먹고도 힘이 그렇게 세고
고기를 만드니

아기엄마

IFC몰
차려입은 젊은 여자
최신식 유모차 끌고 식당에 들어온다

남편 출근 후
아이 데리고 외출해서
점심 먹으며 스트레스 풀 모양
어린 엄마가 혼자 아이 돌보려면 힘들 테니

뭔가를 시켜 한입 먹으려는데 아기가 운다
달래고는 한입
또 보챈다
장난감을 주어도 흔들어도 운다
유모차에서 꺼냈다가 앉혔다가 한참을 씨름
어이구! 속에서부터 끓어오르는 외마디
옆에서도 들린다 인내의 한계
어디다 던져버리기라도 할 기세
아이를 휙 안고 나간다

걱정되어 살폈다

한참 만에 아이 달래 데리고 들어온다 휴우

내가 아이를 보는 것 같아

내 밥도 안 넘어간다

아이 키우는 것

도 닦는 것인 줄 몰랐지?

요즘 젊은이들 참을성 좀 키워봐라 이참에

숫자

나는 숫자에 약하다
심하게 약하다
전에 살던 집 얼마에 팔았고
이 집 얼마에 사서 들어왔는지 감감하다
이 집 몇 년도에 이사 왔는지도 모르며
엄마 돌아가신 연도도 기억 안 난다
생각해 냈다가도 금방 잊어버린다
얼마짜리 적금에 들었는지 언제 타는지
자꾸 잊어버린다
어떨 때는 200만 원과 2,000만 원을 헷갈린다
남편 나이 아이들 나이
심지어 내 나이도 한참을 생각한다
여행사에 얼마 부쳤어?
글쎄 얼마더라
교회수련회 예배당 가득 사람들이 모여 있고
지구 팻말이 붙어 있다
내가 몇 지구인지 생각나지 않아
입구에 한참을 서 있었다

완전 바보가 따로 없다
주민등록번호 안 까먹는 것만도 다행이다

만남

음식점
노부부 나란히 별로 말도 없이
물 한 잔씩 앞에 놓고 출입구 쪽만 보고 있다

이윽고 아이 하나 데리고 젊은 부부 나타난다
어이구 많이 컸구나 활짝 웃으며 딴 사람들이 된다
아이 가운데 앉혀놓고 그랬쪄? 이거 먹을까?
예뻐서 어쩔 줄을 모르며 어르고 야단이다
아들넨가 딸넨가
젊은 부부 무덤덤하게
얼마만인지 모르겠으나 안부도 별로 없이
자기 아이 밥 먹이는 데만 열중이다
고작 한다는 소리, 오래 기다리셨어요?

우리 아들네도 약속하면 꼭 늦는다
아이 나오면 더 늦겠지
노인들은 기다리고 자식들은 바쁘고
어느 집이나 똑같다

지갑

지갑이 감쪽같이 없어졌다
어제 2시 이후로
가방을 뒤져도 떨어질 만한 곳 다 찾아도 없다
어제 마지막으로 들른 카페에도 가보았다
오다가 소매치기당할 상황도 전연 아니었다
그냥 한 15분 걸어왔으니까
만 하루 만에 알았다 없어진 걸
신용카드 체크카드 모두 그 이후 사용 흔적이 없다
그럼 어디 떨어져 있을 텐데
구석에 떨어져도 눈에 뜨일 오렌지색 장지갑
추적할 아무 단서가 없다
녹두를 사가지고 와 가방에서 꺼낼 때
지갑 있었던가? 없었던가?
케이크 냉장고 집어넣을 때 함께 들어갔나?
방에 가방 놓고 옷 벗을 때 어디 들어갔나?
부엌으로 방으로 거실로 온종일 뺑뺑
의자 밑 살피고 뒤진 데 또 뒤지고
뭐뭐 있었더라 운전면허증

무슨 카드가 더 있었는지 생각도 안 난다
상품권 몇 장과 현금 한 10만 원 있나?
분실신고도 하고 카드정지도 했다
지갑이 없어지니 이리도 안절부절

단념하고 운전면허나 신청해!
꼭 나올 것 같아서 다시 방으로 들어간다
이런 일 점점 더 많을 테지

보는 것만 보인다

며칠째 오렌지 트라우마
오렌지색 장지갑을 잃고부터
성과금 나오면 노트북 사라 이 말에 남편이 덜컥 샀고
아내는 성과금 안 나왔는데 왜 미리 샀느냐 따지니
언제 성과금 이야기 했느냐
그래
보고 싶은 것만 보고
듣고 싶은 것만 들리는 거다
카페에서 흘린 것이 틀림없는데
빨간 의자가 하도 예뻐
그 위에 떨어진 지갑은 안 보였음에 틀림없다
누구를 기다릴 때 모두 그 사람처럼 보이지

백수의 일과

7시경 기상
8시 언저리에 아침을 먹는다
밀대로 청소 대강
아줌마 그만둔 후로 무겁고 요란해
진공청소기 안 쓴다
그냥 부직포 걸레를 붙여 밀대로 민다
메일 체크하고 말씀 읽기
신문 보고 그렇게 오전
점심 외식
남편이랑 비빔밥이나 냉면이나 쌀국수 같은 거로
점심 후 영화를 보거나
영풍문고에 가 공짜로 책을 본다
3시쯤 집에 와 운동
5시경 돌아와 저녁 먹고 텔레비전을 본다
저녁은 생선이나 돼지고기나 야채
국이나 찌개는 거의 안 한다
남편은 9시면 눕고
나는 글을 쓰거나 인터넷하고 놀다가
12시에나 잠자리

가끔 제자가 만나주거나 약속 있으면 각자 행동
일주일에 한두 번씩 있는 정례활동 때 말고
보통 이렇게 산다

헬스

기구로 근육운동 30분
스트레칭 클래스 30분
수영으로 유산소 2~30분
이렇게 하는데
근육 부족 체지방 과다 허약체질이다
늙은 여자가
아등바등 기구에 매달리는 것이 좀 그래
막바지 죽겠다 싶기 전에 그만두고
같은 것 반복하는 것이 싫은 성격에
이런 운동 일주일에 보통 서너 번밖에 안 하니
만날 그 모양

표 바꿔!

친구가 하는 말
아들네 집
하는 것들이 마음에 안 든다
며칠 더 있을 것을 당겨 와버린다
딸네 집
며칠 더 있을 것을 당겨 와버린다
울화가 나 참을 수 없고 하는 족족 봐줄 수가 없다
이러다 병날 것 같아
표 바꿔라
와버린다

왜 부모들은 자식들 집엘 가면 화가 날까
시대가 달라서
우리는 옛날부터 살았고
걔네들은 지금 사니까

장소성

대학 다닐 때 이화교를 건널 때면
꼭 생각나는 애가 있었다
최영옥
합격통지를 받던 날 만났다 거기서
염리동에 택시를 타고 지난다
시성남이 생각난다 중학교 친구인데
걔네 집이 여기 어디였다는 것이 입력되어 있다
연세대학교 앞 연희교차로를 향하노라면
민이 생각이 난다
미국에서 낳고 자란 애가
어학당을 다니느라 방을 얻어 살던 곳
마포 산등성을 올려다보면 박영숙
홍제동 집 안방은 감기 걸린 나 문병 온 옥순이
풍문여고 뒤 주택가에는 커다랗고 맛있는 굴비
아르바이트할 때 굴비하고 밥을 주었는데
그 맛 지금도 생각난다
갈월동 중학교 때 돌아가신 아버지
아버지 사무실이 한때 이곳에 있어서
몇 장소 이미지가 있는 곳이 있다

얼마나 많은 장소를 다녔는데
다닌 장소마다 이미지가 있는 거 아니다
50년이 지나도 그 장소만 가면 그 이미지
참 신기하다

리바백 2010 32×15cm mixed media

살

뱃살이 고민이에요
엉덩이 살이 안 빠지네요
늙으면 그게 중요하단다
넘어져도 그게 받쳐주지
그거 없으면 뱃심이 없어 힘을 못 써
지당하신 말씀
부담 없이 밥 한 공기 맛나게

갱죽

감기에 걸리면 우리 엄마는 갱죽을 끓였다
나도 그렇다
갱죽은 경상도 음식
우리 엄마 경상도
멸칫국물에다 신김치 넣고 푹 끓이다
콩나물 한 줌 넣고 한번 우르르
밥 한 주걱 넣고 다시 한 번
밥을 너무 많이 넣지 말고
너무 끓여 풀이 죽어도 안 됨
밥알이 살아 있어야
그거 한 그릇 먹고 나면
으실으실 몸살감기 끝

팥빵

밥 먹고 나서 팥빵 반쪽은 필수
팥빵을 먹으면 행복하다
단팥죽도 좋다 달달하니
팥에 철분이 많다 하니
노인이 되면 그게 당기는 거겠지

내셔널 트러스트에서 경주 가는데 묻어가는 길
젊은 간사가 늙은이 마음을 어찌 알았는지
기차 안에서 따끈따끈 금방 구운 팥빵을
모두에게 나누어 준다
어디서 사왔는지 보통 빵보다 자그마한 것이
팥은 더 듬뿍 들어 있다
우리의 산타클로스

깜짝 놀랐다

탕 속에 앉아있는 부인
얼굴을 씻었는데
눈썹 아이라인이 새까맣다
퍼런 기가 도는 것이
기절할 뻔했다
입술도 도톰하니 붉은 물감을 집어넣은 것일까
실험하는 것처럼 하나씩 살피고 있는 나
가만히 보니
자연산 눈썹 가진 사람 찾기 힘들다
여기도 저기도 감쪽같은 눈썹

차

뭐 먹고 싶을 때 차 마신다
군것질보다 물로 배를 채우려고
환절기 아파트 불도 안 때주고
으실으실할 때 한잔 마신다
생강차나 대추차를 따끈하게
어쩌다 아침이 부실할 때
우유 넣고 꿀 듬뿍 넣고
티 라떼 한 잔 가득히
커피는 냄새로 만족
언제부터인가 조금만 먹어도 직방
온밤 하얗게

얼마짜리 밥을 먹었는지 모르지만
테이크아웃 커피
한 잔씩 받아들고 오면서
아파트 가로질러 회사로 향하는 직장인들
보는 것만으로도 여유롭고 좋다
그들에게 차는 무얼까
후식이기도 하겠지만

멋?

그냥 심심해서?

액세서리?

이름

노인이라는 말
싫다 사실은
노인이라는 소리 듣기 싫다
노인이 되기 싫다
노인이라는 말과 나는 어울리지 않는다
그럼 뭐라 할까요 글쎄
70이 내일이니 늙긴 늙었는데
그 칭호 싫다
노인이란 무기력하고 병들고
지저분하고 주책없을 것 같은 뉘앙스
그리고 무덤을 향해가는
그건 아니잖아
청년도 아니고 중년도 아니고 장년이긴 한데
뭐 적당한 말 없나
할머니 이것도 펑퍼짐한 몸매로
손주나 데리고 있어야 할 것 같아
그냥 70이 되고 80이 돼도
이름 불러주면 감사하죠
아무리 부정해도 노인이고 할머니

현자

90세를 사는 노인들
텔레비전에서 실험
젊은 사람과 늙은 사람 세포에 균을 넣었더니
늙은 사람에 더 활발히 반응하더라고
늙는 것은 죽어가는 것이 아니라
더 강하게 살고자 한다는 실증

90세에 발레를 하고 댄스를 하고
농사를 짓는다
노인은 좀 느리지만 위엄 있고 온화하며
항상 분홍빛 미소를 띠고 있는 사람
현명한 판단을 하며 인내심 있고 너그러운 사람
여유 있는 사람

편견에 사로잡혀 있었구나
현자인 것을

출근

은퇴 후 집과 학교 사이
오피스텔 하나 얻어 연구실
일 년 만에 찾는 이 드물어지자 폐업

생물학과 은퇴교수
같은 아파트단지에 또 하나의 아파트를 마련해놓고
이 집에서 저 집으로 출근
수위아저씨 이제 나가세요?
저녁에 가방을 들고 아파트정원을 가로질러
집으로 퇴근

홍대 영문과 퇴임교수
안방에서 화장 곱게 하고 옷 차려입고 서재로 출근
왜들 이러시나?
갑자기 변하는 환경이 두려워서

짠순이

나는 사실 짠순이 편에 속한다
제일 아까운 것 택시비
걸으면 일거양득인데
공연히 기사아저씨 눈치 보아가며
퀴퀴한 택시 타는 것이 싫다
대중교통이 마땅치 않으면 차라리 걷는다
택시를 안 타다 보니
택시 아니면 안 되는
정말 고약한 장소에 가야 할 경우
몇 번의 갈아타기와 걷기를 하며
'내가 왜 이러나' 할 때도 있다

백화점에서 가방을 사지도 않고
비싼 옷은 더군다나 살 일 없고
피부과를 다니지도 않고
미장원에서 비싼 파마도 하지 않고
네일 케어도 안 받고
기껏해야 마트에서 시장이나 보고
가끔 누구와 만났을 때

점심값이나 내는 것이 고작인데
정말 부자가 되어도 일찍 됐어야 하지 않은가

작업하는 데 필요한 재료도 동대문시장에서
저렴한 것으로 골라 사 얼마 안 든다
택시 타지 않고 아껴도 그게 그거고
길가다 싸구려 충동구매를 몇 개 해도 그게 그거다
그래서 가정경제계획이 필요 없는 것
가계부 쓰는 시간에 나는
재미있는 생각을 더 많이 하고
재미있는 거 하나 더 만든다
기껏 짠순이 노릇을 해도
나는 빵점주부다

받은 것들

재임 시절 나는 학생들로부터 종종 선물을 받았다
미대 학생답게 하나같이 독특하고 감각적인 것들
내용도 내용이려니와 포장지, 포장방법도 색다르다
어떤 것은 풀기가 아까워 한참을 그대로
책장 위에 놓고 보았다
실제로 나는 이 포장 테이프들을 재활용해
작품을 만들어 전시한 적도 있다

오래전 학기가 끝날 무렵 어떤 학생이 살짝
연구실까지 따라와서 도톰한 꾸러미를 건넨다
열었다
내가 강의 때 한 말들을 정리하고
그와 관련된 그림을 모아 스크랩하고
감사하다는 메모를 하여
아주 예쁜 나뭇잎 말린 테이프와
리본으로 장식하고 셀로판으로 커버를 씌운 작은 책
이거 만드느라 밤이라도 세웠을 정성이 가득한 선물
나는 그 아이의 정성에 감복하였고
그걸 얼마 전까지 간직하였다

그간 받은 선물은 사실 사랑이었다
준 사람의 따뜻한 마음이었다
비록 어떤 것은
내게는 그다지 쓸모가 닿지 않는 것일지라도
받은 사랑으로 흡족하다

잡동사니놀이 1 2008 28×22cm mixed media on canvas

요일

정말 속상해 죽겠다 내가 왜 이러는지
아무리 숫자에 약하다지만
몇 번째인가 바보 노릇 하는 것이

한 10년 전쯤 됐나
처음으로 초등학교 동창회 한다는 연락을 받고
흥분하여
학교일 뭐 복잡한 것 다 바꾸면서 법석을 떨고
미장원 안 가는 내가 모처럼 머리단장도 하고
모집장소에 나갔다
그것도 신촌과 반대방향인 잠실까지
얼마나 설레었던지 입까지 말랐다
어쩐지 썰렁
이리저리 전화를 돌려보니 글쎄 다음 주인 걸
한 주 일찍 그 요일 그 시간에 온 것이다
그 황당함 그 자괴감 그 한심함 완전 종합세트

어제 또 그랬다
1년 만에 보는 제자

오후 3시 집 근처에 오라 그랬다
교회행사 내내 시간 늦으면 어떡하지
점심도 후딱후딱
기다려도 안 온다
아니 이것이
교수님이 먼저 와 있는데
늦는다는 문자도 없이 늦어?
다음 준데요
문자를 보니 그렇다 분명히
11월 5일 화요일 3시에 뵐게요
화요일 3시만 본 것이다
앞의 날짜는 건성 보았겠지
울화가 치민다

서가

요즘은 읽을거리를 위해
그간 거들떠 볼 여유가 없었던 서가를
살피는 맛이 쏠쏠
우리 집에는 여기저기서 보내오거나
간간이 사들이는 책들이 쌓이는데
그냥 제목만 훑고 놓아둔 것들이
눈에 들어오기 시작한다
남편으로부터 역사 관련 책
아이들이 놓고 간 온갖 유행서
나의 디자인 관련 책들 …
여러 권 들췄다 덮었다
언제 이런 책이 있었나?
책 속의 메모 보니 언제 읽은 책이구나
영 기억에 없다
다시 읽으면 생각이 나려나

or가 아니라 and

학생들 리포트가 급한데 오빠도 만나야 한다면
오빠 옆에 앉혀놓고 리포트 쓴다
오빠도 보고 리포트도 쓰는 거죠
자장면을 먹을까 비빔밥을 먹을까
두 개 다 시켜 가운데 놓고 두 개 다 맛본다
공부 잘하는 학생 멋도 잘 낸다
미용실에 앉아서도 시험공부 해 학점 잘 받고
이것도 저것도 다 잘한다는 소리 듣는 게 꿈
젊은 여성 결혼 안 하고 아이도 안 낳겠다고?
아기가 싫어서라기보다
가정 and 직장
그게 안 되니까

시

시는 별로였다
억지로 멋있으라고 만든 글들 같아서
단번에 알 수가 없어서
상상력을 동원해 알아내야 하는 것이 답답했다

유종호의 시 읽기 방법
조금 알겠다
함축 함의의 추상 언어들이라는 것
시각 언어처럼 많은 추상 언어, 상징 언어가 있구나
내 글은 얼마나 1차원적이고 속내가 없는지 알겠다
그래서 내 글은 시가 아니다
보았던 것, 느꼈던 것 직방으로 썼을 뿐
요즘 말로 돌직구
멋있는 형용사 같은 거 생각해내 쓸 생각 없다
읽으면 바로 이해되는 것

정말 좋은 시 속에는
고상함 진정함 유려함이 있는 걸 알았다
천상병 이 세상 살았다 간 것을 소풍이라 표현하다니

정지용 물먹은 별
정현종 햇덩이 같은 총각
황지우 찬밥에 붙은 더운 목숨

아름답다 깨끗하다 그리고 비장하다
그토록 아름다운 시어들을 만들어내는 시인들이란
참 맑은 사람들이다
훌륭하다
좋은 시를 읽으니 마음이 부자가 된 것 같다
시란 이런 거구나
그러고 보니 한때 빠졌던 기호학이네

스마트폰증후군 백신

말을 타고 달려가 서신을 전한다
우체국이 생기고 편지로 소통했다 전화도 나왔다
신기했으리라 기계 속에서 사람의 목소리가 들리니
텔레비전이 나왔을 때 맥루한은 거창하게 떠들었다
감각의 확장이라고
그렇다 그거 외로운 사람들에게 친구다
지진이 나 땅 속에 묻혔을 때
휴대폰이 된다면 구세주일 것이다
자기를 구출하려는 뉴스보도도 볼 것이다

트위터나 문자메시지 같은 것으로
세계 사람들과 사업도 하고 연구도 하고 봉사도 하고
순기능 많다
그러나 사람들은 변했다
텔레비전 게임 인터넷이 있는 모바일미디어 이후
감각이 확장된 것이 아니라
감각이 무너지고 있다
통신수단이나 여가선용은 문제없다
전화번호도 못 외우고 잠도 못 자고

다리도 떨고 조바심을 내고 참을성 없고
그리움 같은 것도 없고
그거 없으면 심리적 안정감 제로
아이들이 정신착란을 일으키고 있다
무슨 백신이라도 나와야
다리도 떨지 않고 느긋이 기다릴 수 있을지 몰라
손에 들고 있는 것으로 부족해 웨어러블
점점 정신병원으로 내몰려고

사람답게 사는 것이 아니다
사람이 사람답게 사는 것
조용히 방에서 책을 읽는 마음이 드는 것
그리운 사람 생각하며 편지를 기다리는 것

글쓰기

몬드리안 추상은
사실적 나뭇가지들을 쳐나가다 보니

말레비치도
칸딘스키도
클레도

글도
읽을 때마다
'첨'보다는 '삭'
조사 빼고 이리 줄이고 저리 빼고 나면
글이 남는다

선택

우리 아버지께서 남기신 말씀 중에
산 정상의 물
순간적으로 이 물은 남쪽으로
저 물은 북쪽으로 흐른다는 것
선택이란 극적인 것
순간의 선택이 10년을 좌우한다
냉장고 광고 카피
선택을 한다는 것
참으로 힘든 것

동대문 시장

시장입구에 들어서면
제일 먼저 오토바이부대 지게부대
좁은 시장을 두루마리 원단을 싣고 내리고
살아있는 삶의 현장
동대문종합상가 그야말로 종합
조그만 단추에서부터 테이프 레이스 원단 액세서리
별의별 것 다 있다
한두 개 산다고 기웃거리며 물어보면 찬밥
어지간해서는 대답도 안 한다
주로 젊은 여성들 전표를 들고 주문하고 주문받고
총총거리며 쌩
여기 오면 우리나라 섬유업계
누가 이끄는지 알 수 있다
5층 액세서리 코너 마치 소꿉 나라
목걸이도 브로치도 반지도 마음만 먹으면
심심한 사람 여기 오면 진짜 정신이 번쩍 난다
이 골목 저 골목 다니다 보면 길 잃기 일쑤
들어갔다 빠져나오기도 어렵다
다시 오고 싶은 곳 카메라로 찰칵

이것저것 보이는 대로 탐나는 대로 사다보면
보따리는 이미 휴대한계 초과
여기에선 현금밖에 안 받아
택시 탈 돈까지 탈탈 털어
양쪽 어깨 지고 들고 지하철
이렇게 한 번씩 시장 갔다 오면 한참을 재미나게

영화 보며 휴대폰

불이 꺼지고 영화 시작됐는데
옆 사람 휴대폰을 들여다보고 있다
끌 생각을 않는다
그 불빛이 훤하게 빛나 내 눈에도 들어온다
진동이 왔는지
수시로 휴대폰을 들여다본다
깜깜한 공간에서 휴대폰을 켠다는 것은
작은 등을 켜는 것과 같다
말도 안 된다
한 번 더 하면 뭐라 하려 했다
나도 휴대폰 들고 다니면서
지하철에서 주로 읽을거리를 가지고 있지 않았을 때
줄곧 열어본다
문자 왔나 부재중 전화 왔나
블로그 열어보고 페이스북
나중에는 갤러리 사진들을 죽 훑어본다
본 걸 또 본다
스스로 짜증난다

요즘 사람들 글씨 안 쓴다

조교에게 간단한 명단을 적어오라 했다.
한참 있다 나타난 그의 손
A4 한 장
거기 맨 위 사람이름 몇 줄 출력

미국 동생으로부터 온 크리스마스카드
몇 마디 글을 출력해 붙여
40년 전에 고국을 떠났으니 글씨도 안 써지겠지만
그래도 그렇지 그의 필체가 없는 카드란!
다음 기회에 한마디 해야겠다

학생들의 리포트 꼭 손으로 써내도록 한 적이 있다
인터넷 짜깁기 방지 목적
그보다 필체 성적 내는 데 아주 유용

빽빽이 종이나 노트에 글씨를 써본 적이 언제인가
종이도 흔하고 볼펜, 연필도 흔하지만
오히려 글씨는 더 안 쓴다
하도 안 써 옛날보다 글씨도 미워진 것 같다

드라마 〈천일의 약속〉 이후로
요즘 뇌 MRI 찍는 사람이 부쩍 많아졌다지
그럴 것이 아니라
하루에 글씨를 좀 쓰게 하면 어떨까?

요즘 아침 인터넷 방송으로
새벽기도회 설교를 듣는다
성경을 펴고 방송을 듣다가도 금방 한눈
그래서 아예 작은 노트에다 중요한 내용을
강의노트 필기하듯 메모하며 듣고 있다
그러니 산만한 것이 좀 덜해진 것 같다
지금도 꼭 원고지에 글을 쓰는 문인들이 있다지
최근에는 모르지만 이문열 씨가 그랬다

Magenta and Green 박지윤과 협업 2011 162×112cm mixed media on canvas

NO!

그냥 클렌징만 하고 잘까? NO!
고기 좀더 드세요 NO!
밥 한 그릇 다 먹을까? NO!
오늘 운동 하지 말까? NO!
쓰레기 버리러 나가기 싫다 NO!
오늘 거기 또 들를까? NO!
NO!해야 할 때 NO!하는 것
道 닦는 것

불쌍해

너덧 살 된 아이 하나씩을 옆에 앉히고
젊은 부부가 식사를 한다
찡찡대는 아이들을 달래며 먹이며
나는 유심히 그 아빠의 얼굴을 본다
저 젊은이 무얼 해서 저 아이들 먹이고 교육시킬까
자꾸만 그의 어깨가 눈에 들어온다
불쌍한 젊은이
저 엄마
저 두 아이 키우려면 얼마나 힘이 들까
저 두 아이 앞으로 공부는 얼마나 해야 하며
어떻게 살아나갈까
불쌍한 걸 왜 또 낳으려 하니
우리 엄마가 내가 둘째 나을 때 하신 말씀
70이 다 돼서야 알겠다
아빠도 엄마도 아이도 다
불쌍한 걸

사람들

Red 2 박지윤과 협업 2011 117×90cm mixed media on canvas

강동석

소년 강동석을 기억한다
검은 예복의 소년
어제 그는 50의 중년이 되어
스프링 콘서트에 섰다
숱 없는 머리를 휘날리며 글리에르의 곡을 연주할 때
소년은 없었다
여전히 검은 하이넥 50의 연주를 보면서
소년 강동석을 보고 있었다
피아니스트 프랑스 아내
그는 이미 한국의 소년이 아니라
유럽의 장년이었다

수년째 나눔을 이어오고 있는 그
맑다

대성집 할머니

서대문 대성집 효자동 백송 남포면옥이 있어
얼마나 고마운가
헛헛할 때 추울 때
초라한 대성집엔
한 아름이나 되는 무쇠솥에 국이 끓는다
파란 파를 한 대접 썰어놓고
할머니는 문을 열고 손님을 맞는다

이른 아침에 가도 늦은 저녁에 가도
한여름에 가도 한겨울에 가도
무쇠솥은 펄펄
돈 조금 내면 뽀얀 국을 투박한 투가리에 내놓는다
언제나 같은 맛
할머니는 손질한 국거리를 밤새 끓였을 테지

나는 할머니가 좋은 일을 하는 사람이라 생각한다

마크 제이콥스

책장정리를 하다 나온 오래된 CD 한 장
오래전 EBS 다큐프라임 방송 내용
루이비통과 콜라보레이션할 때의 마크 제이콥스

날씬한 몸매에 오피스에서
바퀴 달린 의자를 죽죽 타고 다니며
회의하고 지시하는 모습 압권
식사시간 오피스 테이블에 앉아
균형 잡힌 영양섭취를 위해
태블릿, 농축 주스 같은 것을 먹는 모습도 인상적

의상, 액세서리, 모델, 무대, 음악, 조명
일일이 지시 수정
수많은 사람들과 몇 달씩 작업하여 오픈한
도쿄 패션쇼
천정에 드리운 띠들이 나부끼는
환상적 무대장치와 곡선의 런웨이

그는 스타 총체적 스타
박수와 찬사가 넘친다
마치고 돌아가는 차 안
에너지를 다 쓰고 지쳐 떨어진 그
실수했던 점 마음에 들지 않았던 점을
떠올리며 괴로워한다
정말 인간적

사무실에 돌아와 다시 시작
충전을 위해 갤러리를 찾아 그림수집
아티스트도 만난다

내가 보고 또 보던 그 CD
어지간한 건 다 버리며 정리하던 차 잘 닦아 보관
버릴 건 버리지만
아직도 이 CD 보니 열정이 생기는 걸

모차르트

두 시간 넘는 모차르트 생애 DVD
추석날 그 다음날 세 번째입니다
새삼스럽게 행복합니다

언제든 그의 음악은 알아차릴 수 있지요
이상한 마력 같은 화성
경쾌하면서 비장하기도 하고
더없이 평이하다가
휙 몰아치는 긴장
앞서거니 뒤서거니

한참을 지루하게 끌고 가는 법 없이 금방
변조나 리듬의 변화가 일어
드라마틱하단 표현밖에

그는 협주곡을 쓰다가 밀어놓고 희가극을 씁니다
작곡하다가 연주하다가 프로모션도 같이
그의 자유분방한 성향이 너무나 마음에 듭니다

평생 매여 산 삶

궁정에 아버지에게

삼십오 년 동안 다른 사람 평생 산 것보다

더 많은 업적

그야말로 고속으로 돌려 보는 것 같은 생애

클라리넷 협주곡 A 장조

더욱 그가 간절해집니다

베토벤

〈운명교향곡〉 전 악장
그들은 베토벤을 연주했습니다
시각장애인 멤버 20명이
시각장애 작곡가의 곡을 연주합니다
마지막 장
암전
몸에 전율이 일었습니다
그들의 손끝에는
눈이 달려있나 봅니다

이지송

그는 괴짜였다
군복 입기를 즐겼다
그냥 건들건들 다녔다
박정자 씨의 남편이라는 레테르가 항상 따라다녔다
12시에 만나요 부라보콘
하늘에서 별을 따다 하늘에서 달을 따다
CF를 만든 그다
70년대 광고계를 주름 잡았다
70을 바라보면서 영화감독으로 데뷔하는가 싶더니
비디오 아티스트로 나타났다
아르헨티나 칠레 파타고니아를 헤매며
커다란 비디오카메라가 아닌 스마트폰으로
찰나를 담아 전시회를 열었다
삼청동 인사동 두 곳에서
해찰 動 靜 이지송 영상 명상전
무척 더운 토요일
나는 그를 보러 갔다
어! 오랜만이야!
나의 옛 직장 동료

임태경

"뭐 이런 분이 다 있습니까?"
불멸의 명곡 방송에서 어떤 사람이 한 말
그렇다 그는 정말 그렇다
중학교, 대학, 대학원에서 성악을 제대로 공부했다
명확한 발음, 음정, 곡해설이 거기서 나왔다
〈동백아가씨〉, 〈울긴 왜 울어〉,
〈돌아와요 부산항〉, 〈넬라 판타지아〉,
〈유 레이즈 미 업〉, 〈울게 하소서〉,
〈남 몰래 흘리는 눈물〉, 〈축배의 노래〉
대중가요에서 클래식까지
그의 레퍼토리는 몇백 곡 그의 음역은 몇 옥타브

무대 매너도 나이스
스위스, 미국에서 일찍부터 유학한 데서 나왔다
저음도 고음도 부드럽다. 저음도 고음도 파워풀하다
속삭이듯 드라마틱하게
진성으로 가성으로
그는 노래를 마음대로 요리한다

그의 노래하는 얼굴은 노랫말에 빠지게 한다
그의 노래하는 얼굴은 경건하다

좀 떨어진 양 눈은 선하다
우뚝한 코, 턱은 의지다
임태경은 긴 머리가 어울린다
꽁지머리도 좋다
그의 패션도 내 스타일이다
느릿느릿한 말은 좀 갑갑하지만
그래도 참을 만하다

그 소리를 만드느라 어린 나이에
외국에서 얼마나 힘들었을까
얼마나 외로웠을까
서른까지 그는 스스로와 싸우며 훈련했다
그리고 그는 서른 넘어 고국에 돌아왔다
아픈 아이들에게 노래로 위로해주고 싶다고 했다

임태경 그는 하나님을 믿는다
아주 신실하게 믿는다
기도하고 기도한다
그에게는 따스함이 있다 진정성이 있다

자신의 목에서 나오는 천상의 소리를 들을 때
그는 스스로 얼마나 만족할까
시원스레 반주를 끌고 가며 무대에서 노래 부를 때
그는 얼마나 행복할까
관객들의 환호와 박수를 받을 때 얼마나 뿌듯할까
아마 그는 뽐내거나 으스대지 않고
무대마다 기도하고 감사할 것이다
아마 그는 자만하지 않고
다음 무대를 위해 연습실로 갈 것이다

소화제를 먹습니다. 언젠가 말했지
그는 무대가 있으면 소화제를 먹는다
완벽한 무대는 그 고통에서 나오는구나

요 며칠 나는 유튜브에 빠져 있다
임태경을 만난다
이어폰을 통해 나는 그를 만난다
행복하다

춘하추동

은퇴교수모임 어쩌고저쩌고
그 '은퇴'자 좀 빼면 안돼요?
깔깔깔깔
왜 요새 벌써 자꾸 노엽지?
하도 안 입었더니 줄곧 입던 정장이 이상하고 불편해
깔깔깔깔
학교이야기는 이제 듣기 싫더라
은퇴 후 무엇 할까를 3년째 생각하고 있는데
아직도 못 찾았다
깔깔깔깔
3만 원 주고 샀다며 바지 하나를 꺼내는데
이리보고 저리 보며
깔깔깔깔
춘하추동
국문과 영문과 불문과
인문대학 은퇴교수들도 끼인 모임의 이름이
춘하추동
좀 저렴해 보이지 않아?
사계

아니야 그건

깔깔깔깔

포시즌

그건 호텔 이름이잖아

최고의 지성인들인데

깔깔깔깔

뭐 프랑스 어 없어?

한가락 했던 사람들이 모여

그냥

'춘하추동'

철마다 모인다 하여

혜화동 칼국수 집

저 따님이 옛날에 수영장 다니던 그 따님입니까?
혜화동 칼국수는 한 30년 된 집이다
근처 혜화초등학교 수영장을 다니던 딸이
40이 가까워져 왔으니
그 딸 여전히 어머니를 도와 칼국수를 나르는데
그렇게 예쁠 수가 없다
어머니, 이모, 딸 가족이 나서 부엌일을 한다
혜화동 로터리에서
성북동 쪽으로 올라가다 오른편 골목
그 집 모양새 그대로다
한두 발짝 정도의
옹색한 앞마당이랄 것도 없는 데를 들어서면
바로 부엌이 나오고 손바닥만 한 방이 좌우에 있다
문짝이랑 모든 것이 옛날 그대로
지금도 수십 년 전 손님을 반기고
안부를 물을 수 있는 정다운 집

그 집 칼국수는 담백하고 곁들이는 간전이 일품이다
간전이 생각날 때 혜화동에 간다

집안 곳곳에 뿌리내린 고구마며 식물들이
조그만 물병에 가득가득 담겨있다
나도 이런 집에서 살았지
문득 어릴 적 후암동 집이 생각났다

김종학

장대건의 장엄하고도 화려한 클래식 기타
김석훈의 FM 아침프로그램에 흐른다
〈모래시계〉의 주제곡 백학
김종학 프로듀서 기사가 겹치면서

아니 이 아름다운 세상 어찌 등졌을까
〈여명의 눈동자〉
〈모래시계〉
그 엄청난 드라마를 제작한 그
성공 가도를 달렸던 그
얼마나 아팠으면
아무리 험한 일에도 끄떡도 하지 않을 강인한 인상
호쾌하게 웃는 영정이
더 슬프다

오늘따라 왜 이리 햇빛이 찬란한가
아무리 힘들어도 모래시계는 돌아야지
신문칼럼마저 애태우는데

잡동사니놀이 3 2008 28×22cm mixed media on canvas

우리나라 사람들

우리나라 사람들 참 못 말리는 민족이야
잠도 자지 않고 일해
서독에서 중동에서 얼마나 고생했어
가족이라면 끔찍하지
구로공단 처녀들의 땀
이래서 오늘 이만큼 살게 됐잖아
K-Pop이니 싸이니
골프 야구 축구 스케이팅
정말 대단하잖아?
우리나라 사람들 우수한 건 틀림없나봐

한국 사람들 정말 한심해
누가 좀 떴다 하면
이리저리 파헤쳐 결국 끌어내리고 말지
가게가 잘되면
바로 옆에 똑같은 가게
둘 다 망하지
예의 없고 남 잘되는 것 못 보고
언제 좀 안정되고 성숙해질까

내 민족 자랑스러운가? 부끄러운가?
한국인의 문화적 DNA와 한류
스무 살에 몰랐던 대한민국
대담, 저서, 신문칼럼, 문자메시지에
답이 있나 열심히 찾는다
진짜 우리는 어떤 사람일까 하고
결론 둘 다 우리 모습

이근후

정신과 의사
나이 들어 좋은 게 뭡니까?
좋은 게 뭐가 있어
아프지 의욕 없지 기운 없지 추하지
그게 사실이다

늙었는데 괜히 안 늙은 척할 거 없다
그냥 늙은 사람이 되자

할머니 여기 앉으세요
방긋 웃고 앉는다
예쁜 할머니라도 되기 위해

무함마드 유누스

감동적인 강연
방글라데시 경제학자
노벨평화상 받을 만하다
자기 돈을 가난한 사람들에게 꾸어주었다
왜 은행은 부자에게만 돈을 꾸어줄까
아예 가난한 사람들에게만
돈을 꾸어주는 은행 만들자
그는 그라민 은행을 설립하고
무조건 반대로만 경영했다
poor people woman country 싼 이자
다른 은행이 500% 1,000% 2,000% 이자 할 때 15%
사람들이 돈을 갚기 시작했다
왜 가난한 사람들은 돈을 갚지 못한다 할까
투자자들도 수익 없이 투자하기 시작했다
수익 없이 사업하는 경영자 없다 할까

방글라데시 전력난에 눈이 갔다
태양열을 보급하였다
그거 금방 고장 날 것

투자자들이 외면했다
점차 보급이 늘었다

영양실조 아이들을 위해 요구르트 생산했다
그는 문제해결이라 했다
본인은 돈을 벌려는 것이 아니라
문제를 해결하는 사람

내내 빨려들었다
단지 사회적 기업에 대해 말하는 것이 아니라
실존에 대한 사유
인생 무엇 때문에 사는가
머니체이서인가
한국의 젊은이들 무한하게 열려있는 정보력으로
세계를 바꾸어 보라
혼자서 할 수 있다 문제해결을
남방셔츠에 그을린 얼굴
깊이 파인 주름

미끈한 얼굴에 양복 빼입고 듣는 사람들과 대조된다
우리 시대의 영웅

부루스

나이 얼마를 먹었는지 모르지만
I have short life time
내 생이 얼마 남지 않아 죽는 날까지
의미 있는 일을 하고 싶습니다
그는 괌에 삽니다
혼자서 방송장비를 갖추고
인근 수십 개 섬에 소식을 전합니다
전기도 없고 외지와 단절된 지역

오늘은 바람이 불겠으나 풍랑은 없겠고
섬을 찾아 나서기도 합니다
소형 프로펠러 헬리콥터를 타고
카누를 타고
또 두 시간 장비를 지고 들고 밀림을 걸어
안테나를 설치해주러 갑니다
태양열판을 설치하고 주파수를 맞추고 소통 시작
소식을 전하는 것이 아니라
사람의 소리를 들려주는 겁니다

시인은 말했죠
먹을수록 배고프고 허기진 것
나이 먹는 것
부루스는
먹을수록 풍요롭고 배부르고 보람찬 삶을 사네요
소나기가 뿌리는 늪지대를 웃통을 벗어부치고
오른쪽 왼쪽
힘겹게 카누를 젓는 늙은 뒷모습
도전이 생깁니다

박진영

박진영 이 시대 천재 중 하나
돈 벌어보아도 허전했다
기부해도 허전했다
봉사해도 허전했다
놀 만큼 놀아도 허전했다
왜 사나 왜 열심히 살아야 하나
실존에 대한 처절한 행로

싸이가 세계를 누비는 동안
개는 뭐하고 있나 생각했다
그는 이스라엘을 헤매고 있었다
창조주를 찾으러

크리스천입니까

아닙니다
머리로는 알겠는데 가슴까지 내려오지 않았다고
그 기분 그 느낌 안다 너무 잘 안다

애처로운 젊은이

그리 구하니 찾아오실 것이다
곧 끝날 때가 있으리라

새 앨범
놀 만큼 놀아봤어
먹어도 먹어도 왜 배가 고픈지
Please save me Please save me

Yes, you are already saved!

최인호

박완서의 위로 편지
100살까지 살 테니깐
나보다 빨리 데려가지 말아달라는
하나님께 대한 으름장이야

박완서를 먼저 데려가셨다
그의 바람대로
2년 만에
신문에 실린 그의 서재
창가 책상 위에 그가 붙들고 견디어온
성경 몇 장의 사진 박완서 편지 덩그러니
사람 없는 책상 부재의 공간이 무상하다

이혜인 수녀의 동생 이인구 씨가 있다
글 쓰는 카피라이터 그도 침샘암
작년인가 오비광고인 연말모임에 나왔다
한쪽이 움푹 파인 얼굴을 가지고
나는 눈시울이 뜨거워졌다
그가 견뎌온 고통이 안쓰러워서라기보다

얼마나 사람들이 그리웠는가가 느껴져
손을 꽉 잡았다
그냥 활짝 웃어주었다 아무 말도 하지 않고
눈은 말했을 것이다

얼마나 힘드셨어요

보고 싶었어요 여러분들이

세시봉 사람들

선생님! 문화방송에서 지금 이장희 콘서트 해요

11시가 넘었는데 원선으로부터 문자
이렇게 고마울 수가
나 세시봉 세대
모두들 노래도 좋지만
그들의 우정이 보기 좋다고 한다 나도 그렇다
개성을 가지고 4~50년을 각자의 길을 가다가
다시 모여 유쾌하게 노래 부른다는 것
맞추지 않아도 기타 하나면 당장
코러스가 되는 그들

이장희 노랫말이 좋다는 말을 하지만
나는 이렇게 말하고 싶다
노랫말이 진실하다고
광고인 오길비
가장 설득력 있는 카피는
옆에 앉아있는 친구에게 하듯

'막막 생각나겠죠.'
이게 어디 시인가 그냥 독백이고 푸념이지
이런 말들 좋다
"앞으로의 인생 어떻게 살 거예요?"
"자연스럽게 살려고 합니다. 화낼 일 있으면 화내고
슬픈 일 있으면 울고 기쁜 일 있으면 웃고"

원선아 고맙다. 이 프로그램을 놓치지 않게 해줘서

차정인

차정인은 여류 작가
생물학적인 사회학적인 문화적인
여자에 대해 생각하고 작업

근래 그녀는 '女子'에 대한 생각을
그림문자 '女字'로 시각 작업
女가 들어간 한자 중
'아름답다' '예쁘다' 뜻을 가진 100여 개를 추리고
그것을 한자의 전서체로 형상화
작업을 위해 한문공부와 서예공부

그는 본격적으로
일러스트레이션이라는 개념의 그림을
책에 그리기 시작한 세대
책을 기획하여 글도 쓰고 그림도 그린다

정인 언니 유학간대요!
그래? 아니?
한참을 동화책에 그림을 그리다가

6살, 10살 두 딸 데리고
늦게 영국으로 날아가 북 아트 공부

다양한 매체에 생각 표현
그의 인형은 차라리 철학적
두리뭉실한 몸매, 실제 그녀의 몸매도 그렇다
어디를 굴러도 상하지 않을 것 같은 그 형상
무표정한 눈, 입에서 모든 것을 참아낸 당당함
쉽사리 감정에 휘둘리지 않는 의연함
그러면서 옹기종기 모여
살을 맞대며 온기를 전하고 받는
그는 종이에 천에 공간에
그림을 그리고 만들고 한다
나의 30년 전 제자
뭐 이젠 같이 늙어가는 처지

잡동사니놀이 4 2008 28×22cm mixed media on canvas

강경원 권사님

시어머니 오시면 먼저 쌀부터 씻어라
요즘 세상에 딸에게
이렇게 가르치는 어머니가 있다
시월드니 어쩌니 하는 프로그램에
별별 소리 다 나오는데
세상이 아무리 이상해져도
반듯하고 바르고 진정성 있는 사람
꼭 있기 마련

강경원 권사님
그분 평생을 시부모 모시고 살았다
그 품에 두 분을 모셨다
어떤 사람 만나면 마음이 복잡해지는데
이분 뵈면 그저 좋다
오랜 수련의 과정

박지윤

30여 년을 그만그만한 여자들과 지냈던 내가
은퇴 즈음 만난 특별한 여자
그는 열정과 솔직한 성품을 지닌 젊은이
대학에서 회화를 하고 대학원에서 디자인
가정에서 아이만 돌보다가 나를 만나
그의 열정이 꽃피우게 되었다고

그는 진정으로 나를 좋아했고
내 작업을 격려해주었다
오히려 내가 그 젊은이를 만남으로
은퇴 1년의 생활은
우려와 달리 매우 바쁘고 화려한 시간

그녀는 내게 매일같이 메일을 써 보냈다
회화하는 사람으로서 아트와 디자인의 차이
미술 시장에서의 생존방법
작업에 있어서의 디테일 등에 대하여
길고 긴 메일을 수없이 보냈다
때로는 섬세하게 때로는 주제넘게

나는 그걸 매일 읽고 답장을 했다
'제 작품과 저에 대해
솔직하게 이야기하고 비평해주시면 …
그보다 감사할 것이 없을 것 같습니다
언제나 고치고 수정할 마음의 자세가 되어 있습니다.
선생님 작품에 대해 더 좋은 아이디어가 생각나거나,
좋은 의견을 듣게 되면 솔직하게 이야기할까 해요.
괜찮지요?'

선생님 우리 전시해요

그는 경복궁역 근처에 아틀리에를 마련했다
그가 캔버스를 만들어다가 물감을 칠하고
특수재료를 들이붓고 바탕을 만들어 놓으면
나는 오브제를 만들어 달았다
빨간색의 동그라미 90센티 되는 것 하나 짜주시고요
5센티 10센티 보라색 노란색 짜주시고요
주문이 어찌나 많은지 정신이 없었다

나는 밤에 잠도 안 자면서 짜댔다
작업이 어찌나 재미있는지
건강 걱정할 사이도 없었다
전시는 2011년 9월 인사동 초입의 이즈갤러리
일층 제일 좋은 자리
젊은 작가들과의 협업전 〈이영희 with 전〉

지윤이는 내 작업 빨간 가방 전도사
때 없이 들고 다니며 수없이 조언도 했다
조금 크면 좋겠어요 가죽으로 하면 어떨까요
지윤이가 내게 보여주는 열심
순수가 100% 전해져
교수인 내가 대학원 학생 같은 그의 말을 다 따랐다
전시가 가까워지는 어느 날 그는 아주
커다란 가방을 짜달라 요구했다 크기의 낯섦
그걸 삼복더위에 짜냈다
250센티나 되는 그걸 일주일 만에
이렇게 빨리 해주실 줄 몰랐어요

p. s 어제 전시장을 돌아다니시는
선생님 뒷모습을 보았는데
걸음걸이가 사뿐사뿐 …
약간은 도도하게 …
참 매력 있게 걸으신다는 생각을 했습니다

박지윤
누가 이 나이 먹은 사람을
이토록 좋아해 줄 수 있단 말인가
그의 마음이 천사 같고 맑은 물 같아서
나의 걸음걸이도 예뻐 보였을 것을

수잔 모시트

중앙일보 배명복 논설위원 글

이메일은 일정한 시간에 체크하고
집안에 IT가 없는 공간을 만들고
인터넷이 안 되는 곳으로 여행을 떠나라
진짜 스마트해지려면 빈둥거려라
진짜 스마트해지려면 바보처럼 살아라

맞다

로그아웃에 도전한 우리의 겨울, 수잔 모시트
그녀는 스마트폰 마니아에 노트북을 끼고 살았다
세 아이들도 게임, 페이스북에 중독
어느 날 가족들을 돌아보며
집을 '스크린 금지구역'으로 선포
아이들이 요리하러 부엌으로 나오고 대화를 하고
색소폰을 불고 책을 읽고
잠을 자는 사람으로 돌아왔다

스마트폰을 들고 태어난 아이에게
디지털이 없는 세상을 만들어 주고 싶었다고 했다
온 마음을 다해 real life를 사랑하게 되었다

신문이고 방송이고
또 주위의 대화에서 모두 이 문제로 야단이다
맥루한이 미디어는 메시지라고 말한 이래
TV가 나올 때도
책이 없어지지 않을 꺼라 예상했듯
이 폭풍이 좀 지나면 서서히 안정되어
다시 책이나 대화로 돌아오리라 생각한다
인간은
종국에 가서는 이기적 유전자를 지녔기 때문에
자기를 스스로 파멸에 몰아넣는 일은
피할 것이란 믿음 때문이다

디자인 수상(隨想)

Yellow 박기옥과 협업 2011 100×65cm mixed media on canvas

광고

졸업하고 동아제약에 취직했다
광고 포장을 만들었다
만든 것이 다음날 신문에 턱턱 실렸다
인쇄되어 약상자가 되었다
아이디어와 표현기법
머리와 손을 쓰는 것이 딱 내 스타일

광고대행사 시대
외국광고가 들어오면서
이렇게 재미있는 게 있나 했다
어떻게 내가 광고를 만났는지
광고란 말만 들어도 가슴이 뛰었다
좋았다
광고회사에 다니는 것이 매력적이었다
크리에이티브
재미있게 만들었고 가르쳤고 심사했고 썼다

은퇴하기 몇 년 전부터 광고수업을 뺐다
싫었다

소비 부추기는 거짓말 과장 엉터리
안티광고잡지 애드버스터스를 보고 더 싫어졌다

어느 날 뭉클했다 광고를 보는데
시대를 잘 만나
광고인으로서 끝까지 했다

교과서도 쓰고
여전히 광고다
광고는 비즈니스지만
설득커뮤니케이션이다
예술이다

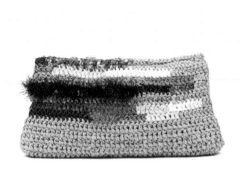

리바백 2010 32×15cm mixed media

가방

여자에게 가방은 전부다
그 안에 콤팩트, 루주, 수첩, 작은 시장가방
가방 없으면 여자도 없다
어느 독신여성의 가방
남자 빼곤 다 있다 했다

난데없이 나는 가방쟁이가 됐다
뜨개질을 하여 가방을 만든다
예쁘다고들 하여 전시도 하고 가게에 내놓기도 했다

내 가방은 색이 예쁘다
색 연출 구조는 매우 단순하다
대비
광택 나는 재료 다음에 흡수하는 재료
도드라진 재료 다음에 밋밋한 재료
면을 쓰다가 털실을 쓰고
비닐 끈을 쓰다가 고급 벨벳 같은 소재를 쓴다
이렇게 하면 좋은 색이 나온다

신기하지?

재료를 잘 쓰면 좋은 색이 나오니

형태는 의외로 간단

크러치 백으로 옆구리에 끼는 정도

작으니 만들기도 수월하다

나는 내가 이렇게 뜨개질을 하고 있을 줄 몰랐다

그것도 아주 재미있게

밤잠을 안 자면서까지

아니?

공사 가림막을 벗기고 담을 헐은 날
그 앞을 지나다 눈이 번쩍
새로 개관된 국립현대미술관
수도육군병원 국군보안사령부 자리
이름이 역사깨나 말해준다
붉은 벽돌 건물

그걸 그대로 살렸다
새로 지은 것 같지 않아서
나지막해서 위압감도 없고
디자인됐다고 잘난 체도 안 해서
그냥 거기 있었던 것 같다
우와 좋다

과천 현대미술관 외진 데 있고
예술의 전당 지하철역도 없고
서울의 전시공연장 접근성 빵점이었는데
교통 썩 좋진 않지만 서울 중심부 경복궁 옆 소격동
모처럼 기분 좋은 걸 보았다

관객의 동선이 없어요 스스로 선택하도록 만들었지요
출구에 길들여진 사람들
아마 처음에는 우왕좌왕하겠지
모든 게 자연스럽다

자연 디자인 자체

자연은 디자인 자체
이 세상 어디에도 자연만큼 아름다운 디자인은 없다
인간이 훼손하지 않는 한
강낭콩이나 오렌지의 그 기능적 구조 조형미
장미꽃과 잎의 화려한 색채대비, 형태대비
그 굵은 줄기에서 뻗어난 잎의 순열과 비례

자연의 디자인은 융통성 있고
지루하지 않도록 끊임없이 변화한다
수십 프레임으로 알게 모르게 서서히

꽃 봉긋하니 귀여운 봉오리였다가
점점 꽃잎을 더하여 화려하게 만개했다가는 져
나뭇잎은 자그마한 것이
여린 녹색이었다가
점점 색도 검푸르게
크기도 크게 힘도 강해 탄력 있게

어떤 센서가 이렇게 자동적으로 에러 없이
시퀀스를 연출할 수 있단 말인가
식물의 아름다움이 정적이었다면
동물의 그것은 보다 극적
바닷가의 빨간 성게 주목력 강한 색채와 형태
파란 바다를 배경으로
찬란한 조명을 받은 프리마돈나

전투적으로 생긴 게
마음을 가라앉혀주는 검고 푸른 해초들
그리고 미끈미끈한 생선들

형태, 질감, 색채가 그리도 다양하며
그리도 개성 있는지
어떤 디자이너가
셀 수 없는 이 엄청난 아이템을
기능적 조형적일 뿐만 아니라
퍼포먼스 완벽하게 계획할 수 있단 말인가

잡동사니놀이 2 2008 28×22cm mixed media on canvas

잡동사니

어쩌면 내게 이렇게 잡동사니 물건이 많은가
책상 서랍에서 굴러다니고 있는 볼펜 집게
무관심하게 박혀 있던 것에서부터
누가 준 것들
언제 어떻게 생겼는지 모를 무슨 기구들

여기저기
작은 상자 속에
심지어 방바닥에서
이리 치이고 저리 치이고 있는 작은 물건들
그것들은 때가 묻어
그 시간의 색이 정겨운 것도 있는가 하면
쓰겠다고 언젠가 사놓았던 것들로
고이 포장도 안 푼 새것들도 있다

작품을 위해 색연필 하나도 사지 않았다
재료가 떨어지면 아들딸 서랍
집 떠난 아이들에게 나중이라도 소용될 법한 것,

그거 어디 있냐고 찾을 법한 것 조금 남겨 놓은 것
그 서랍을 터니 또 별별 것

사소한 물건들 어쩌면 그렇게
다양한 모양, 질감, 느낌을 하고 있는지

닦고 문질러 흰 캔버스에 올려놓으면
그것은 신기하게도 바로 아주 귀한
새로운 물체나 개념이 돼버려

잡동사니 놀이전
나른다
연필도
가위도
클립도 새가 되어

바꾸고 남은 휴대폰이 나비가 되었다
수세미 곰
고장난 계산기 숟가락이 로봇

가시 발라 먹은 생선은 뽕뽕이 빗이 맡았다
안 쓰고 두었던 작은 손지갑
금빛 나는 장신구들을 매달았다
그리고 여기저기 옷들에서 나온 단추들도

무어라 형태를 만들기 싫어
그냥 욕심 없이 놓아
그런대로 보기 좋으면
바늘로 이리저리 꿰매 붙인 것들
나는 이것들을 작품이라 부르고 싶지 않다

버릴까 말까 갈등하던 것들이 소용이 되었다는 것
그냥 재미있게 놀았을 뿐이다

좋은 수첩

양쪽으로 쫙 펴지는 것
종이가 미끌미끌하지 않고 까칠까칠해서
펜이나 연필이 사각거리며 써지는 것
그리고 가벼운 것
이런 수첩에 연필만 있으면
행복

부끄러운 것

간판 더미들
주변경관 고려하지 않고 막 허가 내주어
우뚝우뚝 솟아있는 아파트
국회의사당만 보아도 부끄럽다
정치인들 역대 대통령들
텔레비전 막장 드라마들
자막이니 편집이니 그 왁살스러움
아니 할 게 따로 있지
사람들 버스들 지나다니는 다리 짓는 거 빼먹다가
이제 원전까지
정말 부끄럽다
요즘의 사건, 사고 생각하면
이런 것들 아무것도 아니네

자랑스러운 것

겉으로 툴툴거리면서
여차하면 난리 난 듯 아우성치다가
위기 때마다 뭉치는 괴력
문민정부에다 여자 대통령까지 허락한 나라
인천공항
서울 9호선 지하철 디자인
버스가 몇 시에 오는지 길거리 검색시스템
아름다운 한강의 다리들
키가 큼직큼직하고 멀끔한 젊은이들
지하철 자리 내주는 그들
반다지 소반 조각보
박물관의 단아한 수장품들
손꼽을 수 없이 많은 자랑스러운 것

예체능

어떤 박사
입고 나서는 것마다 아니올시다
집도 산만하니 뭐가 뭔지
박사에다 안목까지 있으면 얼마나 좋을까

전에 살던 아파트 일층에 사는 젊은 댁
예체능 아닌데
집을 아주 센스 있게 고치고 꾸며 칭찬 자자
하고 다니는 것이랑 뭐 하나 멋있지 않은 것이 없다
박사는 아니지만 정보도 많고 교양 충만
다른 학문 책 보고 연구하고 박사가 될 수 있지만
예체능 천부적 재능

아 저 색 예쁘구나
저 그릇 멋있구나
저 그림 볼수록 좋구나
저 하모니!
본능적으로 나오는 것
현시되는 모든 것을 이렇게 느끼고 사는 사람

매순간 감격하며 사는 사람
그게 예체능

참 여러 모양으로 인생 살지만
〈꽃보다 할배〉 백일섭 같은 사람
무미건조
루브르 박물관에 들어가서
차나 한잔하고 빨리 나갑시다 하는

소음

9호선을 타다 5호선을 타니 어쩜 그렇게 시끄러운지
버스도 소음이 너무 많다
정차할 때마다 쉬익 쉬익
다시 대주십시오 환승입니다 연이은 전자음성 소리
운전사가 틀어놓은 라디오 소리

정말 인내심이 필요하다
거기다 요새는 휴대폰까지

우리나라 사람들 소리에 너무 둔감
눈감고 아무렇지도 않은 듯 앉아있다

대중음식점 그 쇠 쟁반소리
그릇 부딪치는 소리
의자 끄는 소리
사람들 떠드는 소리
켜진 TV도 한몫한다
대단하다

게르하르트 슈타이들 전시

꽃샘추위가 좀 누그러진 지난 4월 봄날
대림미술관을 찾았습니다
통의동 주택가 조용한 곳
디자인 관련 전시를 많이 하는 곳
아트북 디자이너 게르하르트 슈타이들
한마디로 부럽습니다 매우 부럽습니다

미술관에 들어가자마자
홀 왼편에 진열되어 있는 책들
입이 딱 벌어집니다
과연 세계적인 출판계의 거장
한 장 한 장 공들여 만든 책
500년 이상 갈 것이라 말합니다
시각디자이너라면
종이랑 판형이랑 인쇄상태랑 제본이랑
그 모든 것들이 완벽한 책들을 본다는 건
정말 행복하고 부러운 일입니다

책을 판매도 하는 전시대 맞은편에 쌓아 놓은 포스터

팔레트랑 마치 인쇄기에서 막 떨어진 것 같은 연출
역시 전문성
인색하게 한두 장씩 말아놓고 파는 포스터가
자꾸 오버랩 되었습니다
How to Make a Book with Steidl
'슈타이들 완벽주의 아티스트들의 히어로,
상상 그 이상의 디테일' 표제가 조금도 과장이 아님

그는 1년에 400권
하루에 1권 이상 만든다는 이야기인데요
과연 'Paper Passion'입니다.
15세기 구텐베르크 시절 출판문화를 그대로 답습하듯
기획, 디자인, 인쇄, 제본, 배포까지
모두 인하우스 시스템
독일 중부 도시 괴팅겐에
직원 50명을 두고 차린 출판사에서 다 한다는군요
몇 사람의 사진작가,
아티스트들과 협업한 작업들 전시

하루 2~5명의 예술가들 그에게 책을 만들자는 메일
벽에는 출판과 관련된 콜라주 작업이 여러 점
그중 THE BATTLE OF THE PRINT
뒤집혀 찍히는 인쇄특성을 시각화하고 있습니다
으음 … 갓 인쇄된 책 냄새 기억하시나요?
'갓 인쇄된 책 냄새는 최고의 향수'
게자 쉔의 향수 북을 디자인하면서
새 책에서 나는 냄새를 표현하고 있네요
정말 설레고 기분 좋은 전시입니다
4월 11일부터 10월 6일까지입니다

여름 2011 29×29cm mixed media on canvas

나이롱 보자기

나일론도 아니고 나이롱이다
떡도 싸고 한과도 싸고 사과상자까지 싸온
분홍색 파란색 황금색 회색 온갖 보자기들
그걸 한 7, 8밀리 폭으로 길게 잘라
코바늘로 뜨기 시작했다.
에코전에 낼 작품

예쁘다 보드랍다
염색기술이 모자라 조금씩 다른 색상과 톤, 질감
이것들을 엮어 놓으니 디퍼런시 앤 시밀러리티다
올이 풀려 사용성은 꽝
지천에 굴러다니던 애물단지
새로운 눈으로 사랑을 주어
전시장에 걸어놓으니 보는 사람마다 탐을 낸다
나이롱이 출세했다

나라 빛

나라마다 그림 빛이 다르다
윌리엄 터너, 데이비드 호크니 그림은
항상 뿌옇다 영국이라
미로, 달리를 보면 스페인의 태양이 보인다
클림트 빈의 화려함 사치가 드러난다
네덜란드 어둠이 짙다 렘브란트에서
일본화가 호쿠사이에서는 하이 콘트라스트
국화와 칼처럼 눈부심과 음침함 공존
르누아르 프랑스 들꽃들이 번져 빛난다
피부도 분홍이다
몽골의 그림 온통 말과 초원이다
한국의 그것은 유영국, 이대원에서 빛나고
장욱진, 이만익, 박수근에서 침착하다

똑같다

이현세 만화주인공 이현세 같다
고바우 아저씨 김성환도 고바우처럼 생겼다
자기가 그린 사람 다 자기 닮았다

모나리자 다빈치처럼 생겼다
모나리자 반쪽과 다빈치 사진 반쪽을 붙이면
서로 닮은 게 보인다 여자와 남자인데도

그래서 자기랑 비슷하게 생긴 사람 좋아한다
만날 보던 얼굴이라 익숙해서 그렇겠지
누가 누구하고 부부인지 금방 알 수 있다

칼더

크기가 다른 조각
무게가 다른 조각
텍스처가 다른 조각
이것들을 줄에다 매고 달아 서로 조우
공학도였던 그
치밀한 계산으로 평형을 이루도록

바람에 따라 빙글빙글 돌면서
새로운 뷰를 만든다
실체와 허상 공히

그냥 말하기 좋게
움직이는 조각이라고만 하기엔 모자라다
끊임없이 변하며 새로운 뷰를 창출하는 회화
바람에 따라 보는 위치에 따라 빛에 따라
건드려 보고픈 것

화가의 나무

박수근 나무는 그린 것이 아니라
드러나게 해서 생긴 것
몬드리안의 나무는 수직수평
배병우의 그것은 뱀처럼 구불구불
장욱진의 나무는 나무인지 집인지 사람인지
고흐는 덩어리 되어 춤추는 사이프러스
청전은 점점이 점점이
나무꾼 노인도 삼키고 점점이
박 노수의 나무는 코발트블루가 차라리 폭포

화가들 나무 자기 맘대로
나무는 아티스트의 속풀이

아래아

한글
자음 구강구조에 맞게 과학적
모음 천지인에 의한 철학적
세종대왕 가슴이 따뜻한 천재

세상소리 한글로 가장 잘 표현
한국 미국 중국 세 나라 아이들
동물 소리 표기하랬더니
우리글이 가장 가까워

읽기 쉽고 배우기 쉬운 한글
이래서 우수하고 독창적
아래아도 복원하면 정말 완벽해지겠네
트럭 아래아로 하면 트뢱
훨씬 원 발음에 가까워
디지털 시대에 최적

일본 한문 우리보다 문자표기 복잡
같은 음 다른 뜻으로 한 번 더 검색해야

우리 단번에
남아프리카공화국 한글 교육에 한창
참 우리나라 복도 많다

폰트

폰트는 문자체
청첩장에 알맞은 폰트
기업 주주총회안내 책자에 맞는 폰트
캠퍼스 게시판에 붙은 동아리 모임 폰트
학술대회 현수막 폰트
〈영자의 전성시대〉 영화제목 폰트
화장품 포장에 적절한 폰트
초콜릿 포장에 적절한 폰트

폰트는 이미지
아무거나 막 쓰면 안 된다

작은 그림

내가 가지고 있는 그림 중 작은 것들
최영림의 1호 유화
1호는 엽서 한 장
전경자의 2분의 1호 정물 판화
박수근의 5호짜리 판화
작은 벽에는 요런 것들을 건다
여인 최영림의 그것은 유리 없는 프레임으로
거칠거칠한 텍스처가 푸근하여
화장대 앞 좁은 벽에 늘 걸려 있다
전경자 판화 작은 상자그림인데
섬세한 것이 여간 귀엽지 않다
박수근 것은 농악 하는 농부 네 사람
이리 보고 반대로 찍어 저리 보게끔
현관 벽에서 풍악을 울리고 있다
〈알렉산더 칼더전〉 작은 드로잉
여러 개의 프레임 아주 앙증맞다
파리의 피카소 미술관
오랜 수리로 공개하지 않아 좀처럼 들어가기 힘든 곳

어느 저택을 박물관으로
현관에 걸어놓은 5살 때의 작은 스케치
화가들의 담배 은박지 그림들도 참 소중한 것

시니어 아파트

시니어 아파트
쇼핑몰 속에 있으면 좋겠다

젊은 사람들 다니는 것 구경할 수 있어서
더 나이 들어도 혼자 나가 쇼핑할 수 있지
누구 오면 예쁘게 차려입고 카페에서 만날 수 있지
쇼핑몰 의자에 앉아 있다가
그냥 에스컬레이터 타고 올라가
집에 들어가면 되니까
쇼핑몰에는 사람이 모인다
보고 싶은 아이들도 쇼핑 겸 올 때 만날 수 있을 테지
문화행사도 있을 테니 나와 구경하기도 좋고
병원 약국 헬스클럽 극장은 물론

외진 곳의 한적한 요양소는 노 굿
공기청정기만 있으면 족하고
쇼핑몰 아파트에서
젊은 기분으로 살고 싶어
도심에 있기만 하고 노인들만 사는 아파트 말고

쇼핑몰 위 주거형태
이런 아파트 있으면 좋겠다
쇼핑몰 구조는 오픈 스페이스여야
우리 집 문을 열고 나오면
난간을 통해 전 층이 다 보이는

곤지암 가는 길

소머리국밥, 오리구이, 모텔
무지막지한 글씨들
간판만큼이나 이리저리 함석지붕, 슬레이트, 벽돌,
창고, 공장, 비닐하우스
이리 난 길 저리 난 길
울긋불긋 천한 색들
난삽한 꼴들
왜 우리는 이럴까

문득 피곤한 눈을 들어 멀리 산등성을 바라본다
아파트가 삐죽삐죽 보이긴 하지만
여전히 그 유려한 곡선의 산은 숨을 틔워주고
6월의 나무들이 한껏 푸르러
그래도 나들이하였다

나는 아무 영화나 본다

영화를 보러 나간다
광화문 씨네큐브 여의도 CGV 아트하우스 모모
나는 아무 때나 영화관에 간다

아무 영화라도 좋다
먼저 인터넷을 보고 가기도 하지만 그냥 가도 좋다
영화관은 불이 꺼지고 집중할 수 있어 좋다
스토리가 좋으면 감사하지만
별로라도 그다지 상관없다

타이틀이 멋지다
음악이 감동적이다
카메라워크 훌륭하다
배우가 예쁘고 멋있다
어느 영화건 이 중 한두 개는 좋으니
아무 영화라도 좋다
영화에는
미술 음악 영상 패션 메이크업 건축 디자인
문학 사상이 모두모두 들어 있다

〈안나 카레니나〉의상 매혹적인 배역의 안나
콰르텟. 음악
〈로마 위드 러브〉 우디 앨런
〈4월 이야기〉는 일본 벚꽃

〈시네마 천국〉은 연출
양떼를 몰고 시내 한가운데를 가로질러 가는
소품과 같은 미친 사람 컷을 보며 감탄했다.

〈로마의 휴일〉 오드리 헵번과 그레고리 펙을 본다
〈닥터 지바고〉에서는 오마 샤리프
설원의 기차

굿 디자인

길 가다 멋져서
어쩜 저런 게 있나 눈에 띄어서
핸드백 속 카메라를 찾는다
여행지 낯선 상점에서 만난 샴푸 용기
손잡이가 쏘옥 있어
미끈거리는 공간에서 놓치지 않을 테지
일본 온천지
보도에 새겨진 주물 사인 하나
토론토 노보텔
아무 그림도 없고 코팅만 된 초록카드 조식쿠폰
절제된 디자인
토론토 시내 가로에 나부끼는 허리 잘록한 배너
퀘벡 층계모서리
이 이미지들
감동적인 디자인
편의를 주고 기쁨을 주는
굿 디자인
우리는 이런 환경에서 살 권리가 있다

나무

나무는 햇빛을 피하지 못한다
나무는 바람도 피하지 못한다
동물처럼 바위틈에 들어가 숨을 수도 없다
언제나 그 자리에 꿋꿋이 서서
모든 것을 몸으로 맞는다

그래서 가지는 힘차게 하늘을 향해 뻗는다
가지는 뻗다가 마디를 만들어
자유롭게 방향을 바꾼다
곁가지를 내어 그 자리를 넓히기도 한다

천리포의 그것처럼
찬란하게 화려하게 때로는 단아하게
나무가 내는 그 무궁무진한 선
하나도 같지 않은 변화무쌍한 선
어느 화가도 그걸 따라할 수 없다
세상에서 가장 아름다운 선
세상에서 가장 강한 선

배병우의 사진도

유영국의 물감도

그 에너지를 다 표현할 수 없다

그 어느 수묵화도

그 윤기 나고 지치지 않는 생명력을 표현할 수 없다

비례

여의도 공원을 걷는다
억지로 만든 공원이지만 그나마 감사하다
세종대왕 동상
걸을 때마다 느끼는데
두상이 좀 크다
높이 설치해 올려다보아도 가분수니
만들 당시 그 비례 안 맞는 거 안 보이나?
오래 전 이집트
부서져 바닥에 내려놓은 투탕카멘의 석상을
본 적이 있다
어째 비례가 이상하다
땅에 엎드려 석상을 보니 좀 낫다
아! 그렇구나
높이 올려다 볼 때 맞도록 비례를 맞춘 거구나
좋은 건축물 좋은 조각 예술품 우선은 비례가 좋다
겉은 멀쩡한 음식점 화장실
앉으면 코가 문짝에 닿을 것 같은 경험
비례 같은 거 무시하고 조잡하게 만들어 그렇지

우리 민족의 수치

우리나라 고건축 고가구 그 비례 얼마나 아름다운데

샐러드

어제 농협에서 장봐왔더니
샐러드 색깔이 화려하다

상추 오이 당근 셀러리 파프리카
데친 브로콜리 적채 토마토를 얹으니
오색이 찬란
거기다 삶은 검은콩 좀 얹으니
울긋불긋한 것이 더 돋보인다

드레싱은 발사믹 식초 반 스푼
저녁에 이렇게 한 볼을 먹고 나니
잘 먹고 사는 것 같아 기분 좋다

밭에서 기른 거 따다 마련한 것 아니기에
물에 담갔다가 정성스레 식초 넣고 씻은 것
내일 아침 샐러드는 다른 색깔로 해야지

50 대 50

러시아 감독 에이젠슈타인

영화 제작할 때

비주얼 50% 음향 50%라 했다

영화에서 비주얼이 훨씬 중요할 것 같은데

화면 보며 오디오 끄는 것보다

화면 안 보고 음향만 듣는 것이 훨씬 나은 걸 보니

맞나 보다

〈닥터 지바고〉에서 음악 없으면?

〈모래시계〉에서 백악 없으면?

〈장발장〉에서 음악 빠지면?

음악에 따라

다음 장면 예상한다

죽겠구나 곤경에 빠지겠구나

섬싱 생기겠구나

그런데 내용 부실 음악만 요란한 것도 문제

Crom Yellow and Violet 박지윤과 협업 2011 162×130cm mixed media on canvas

남자는 모른다

케첩을 샀습니다
캡을 열고 알루미늄 포일 붙은 안 뚜껑을 열려니
손으로 잡을 부분이 좁고 어찌나 강하게 붙어 있는지
잘 열리지 않습니다
음식을 하던 손이라 손이 미끄덩거리지요
마음은 급하지요
손으로 잡아 뗄 수 있도록
그 부분을 조금 길게 할 수는 없었나요

통조림 따는 데 얼마나 힘이 드는지
남자는 모릅니다
스팸 캔 손잡이를 힘껏 올려 따면서
그 날카로운 양철조각에 언젠가 한번
무섭게 손이 깊이 베일 것이라는 두려움을
항상 가지고 있는 것을 아세요?

여성의 완력 남성의 절반
제품 만드는 남성들 그런 거 생각해 보셨나요
국내 유명회사의 올리브 오일 용기

PET 두께가 어찌나 얇은지
금방이라도 쏟을 것 같습니다
남자가 밥을 해봐야 안다니까

기도

Blue 2011 117×90cm mixed media on canvas

큰 힘이 됩니다

사람이 얼마나 약하냐 하면
수술실로 향할 때 내미는 손
누군가가 잡아주면
그게 뭐라고

엘리베이터에서 들리는 찬송가
전화기도

큰 힘이 됩니다

하나님을 붙듭니다
누군가를 붙듭니다
나 혼자만 가는 것 같아

딸이 곧 해산합니다
멀리 있어 손도 못 붙들어 줍니다
자 엄마손 잡아
전화로 기도해줄 참입니다

나는 부자다

30년 근속 덕에 감사하게도
매달 쓸 돈이 통장에 들어온다
입을 옷도 옷장 가득하다
옷을 좋아하는 데다가
이 나이 되도록 별로 체격이 바뀌지 않아
버리지 않고 한두 개씩 불어나 한방 가득

예쁜 천들도 박스마다 넘친다
작업하다 남은
온갖 천들 온갖 단추들 온갖 끈들 장식들
작품 한다고
동대문 종합상가에서 사들인 것도 있지만
혜경이, 지윤이가 준 것들
박스를 뒤지면 무엇이든 뚝딱 만들어진다

돈, 옷, 물건들이 많아 부자가 아닌 것을
내 마음이 부자가 되어야 하는 것을
내 마음이 부자가 되기 위해 나는
매일 기도를 드린다

1,440만 원

하루에 1,440만 원씩
통장에 들어온다
그 돈은 밤 12시면 없어진다
그 다음날 틀림없이 또
1,440만 원이 들어온다
역시 하루가 지나면 없어진다
하루 24시간을 분으로 환산하면 1,440분
시간은 쌓아놓을 수 없다
우리 목사님의 전도서 새벽 말씀 중

우리는 매일 1,440분을 꺼내 잘 써야 한다
아무 생각 없이
그 돈을 놔두었다가는
허무하게 없어져 버린다

present

딩동
밤새 배달된 선물이 왔다
눈을 뜨니

누가 보냈을까 이 선물
나는 아무것도 주지 않았는데
하루하루 365번이나 온다
그렇게 오다가 다시 365번 어김없이
이렇게 많은 선물을 계속 주다니
감사하단 답장 어디다 할까?

present는 시간 present는 오늘
present는 현재
present는 존재

이 이상 선물은 없다
세상에 존재한다는 그 이상 선물은 없다
부모님이 존재하셔서
남편 아내 아이들이 존재해서

친구가 존재해서
언제나 부지런한 경비 아저씨가 존재해서
present

어떤 이는 선물상자에 사랑을 담고
어떤 이는 그리움을 담는다
어떤 이는 축복을 담으면
상자는 더 커지겠지
나누면 그득 차겠지

제가 손을 대겠나이다

주님
제가 마음이 좀 멀어졌을 때
주님의 옷자락에
손을 대겠나이다
제가 세상 재미에 빠졌을 때
주님의 옷자락에
손을 대겠나이다
제가 게으름을 피운 후에도
주님의 옷자락에
손을 대겠나이다
주님의 옷자락이
닳도록
손을 대겠나이다

고흐

성경책이 있는 정물
진노랑 그림엔
성경책 크게 한가운데

에밀 졸라의 작은 책
생명의 기쁨
그가 얼마나 성경을 사모했는지
테오에게 쓴 편지에
그 소설 얼마나 읽었는지

솔직한 사실주의
광기도
떨림의 터치도 없다

엠마오의 만찬

신기한 구도
외연과 내포가 엮인 그림
글로바의 불안함
예수님의 완전함
화면 속 인물 네 사람
극단적 대비
크고 작게
포지와 네거로
동적이고 정적이고
의심으로 가득 차거나 순종하거나
극적 이항 대립

렘브란트
빛이 적어 어둡게 그렸나
어둡고 밝음만 있다
그 외의 것 생략
생략이 얼마나 어려운지

빈둥빈둥 김진홍 목사님

70세에 교회에서 은퇴하신 후
동두천에 두레수도원을 짓고 목회를 계속하고 계신다
제주도
몽골
아침묵상으로 목사님을 만난다
제일 놀라운 것은 72세이신데
하시는 말씀 언제나 도전을 주고
어려운 주제도 유머를 넣어
천천히 쉽게 전달하는 기술

측근이 하는 이야기로
젊은 사람 한 명과 일주일에 한 번 교보문고
책을 한보따리 사 일주일 동안 읽고
다시 행차

매일 7킬로미터씩 걷고
일 년에 수차례의 국내외 집회여행
의사에게 좀 쉬라는 충고를 들으시고
목하 빈둥빈둥 주간을 보내고 계신다네

BSF

정말 좋은 모임을 이제야 알았다
사람들이 그렇게 따듯할 수가 없다
날도 맑은 9월 어느 날
우연히 알게 된 Bible Study Fellowship
영어공부 좀 하겠다고 갔는데
유쾌한 사람들을 만났다
이제까지 내 믿음
정화되고 커지고 새로워질 것 같아
기대 충만이다
교수님! 마침 오래된 제자도
서먹한 나를 편안하게 했다
하나님은 무슨 일을 꾸미시는 거야
모태신앙이다시피 한 나를 이곳에 이끄시다니
텍사스에 본부를 두어 진행이 국제적
처음 온 사람 오리엔테이션부터 세미나까지
체계적이고 프로인 리더들
특히 all generation all age
심지어 all religion all color
마음에 든다

남는 것

한경직 목사님
작은 방에 책상 하나밖에 없으셨다지
법정 스님
불경 놓는 소반 하나와 가사 하나
손바닥만 한 방에
남기신 것이 없으니
이름이 남는다 오래도록

흙집주인이 텔레비전에서 말한다
이 집은 부숴도 건축폐기물이 하나도 안 나와요

작품 해야 한다
프레임으로 미화하는 것 스톱이다
거창하게 하지 말자
그냥 걸었다 쉽게 접어 치울 수 있는 것
보고 으응
재미있는데 하게

내 안에 내가 너무도 많아

배울 것에 빠져있는 나
텔레비전을 좋아하는 나
입을 옷을 찾아다니는 나
여행 좋아하는 나
뭐 볼 것 없나 영화 프로그램을 뒤지는 나
때 되면 뭐 먹나 생각하는 나

나나나
당신의 쉴 자리 비워 놓지 않고
나나나

내 안에 내가 너무도 많아
이 노래를 들으면 그냥 눈물이 난다
하덕규
얼마나 회한에 사무쳤길래
마침내 목사가 되었나요

십자가 2011
18×13cm 내외
mixed media

있다

성경이 있고
말씀을 들을 수 있고
인터넷이 있고
책이 있고
신문이 있고
이야기 상대가 있고
집 가까이 수영하고 목욕할 곳이 있고
나를 기다리는 사람이 있고
FM 라디오가 있고
〈붕어빵〉의 마음이와 믿음이가 있고
어제 건진 새 옷이 있고
있고
있고

하루

딱 하루만 더 있으면
기획안 준비할 때 항상 하는 말
여행계획 짜면서도
딱 하루만 더 있으면 거길 들렀다 올 텐데
그 다음도 그 다음도 똑같은 소리

그냥 하루
참 지루한 것
딱 하루
참 귀중한 것

메멘토 모리

늘 네가 죽을 수밖에 없는 존재임을 기억하라
메멘토 모리

죽지 않고 100년 이상을 산다면
이 뇌는 터지고 말거야
그 많은 날 동안의 것을 다 기억하려니
나의 자녀 그 아이의 자녀 또 그 아이의 자녀
아는 사람도 더 늘어날 테니
이름커녕 얼굴도 분간 못하겠지
8, 90년 살면서 가지고 있는 소유물
두 배는 더 될 테니
그걸 다 어디다 쌓아두나
그렇지 않아도 모르겠는데
어디에 뭐가 있는지 더더욱 모르겠지

지금 사는 것도 얼마나 힘든데 그 배를 산다면
그동안 받은 엑스레이 방사능 기준치 넘을 것이며
인공관절이니 몸 안에 넣는 시술
안 한 것 없을 것이며

이 다 빠질 것이며
안경은 몇 개나 더 써야 하나
상상의 나래를 펴니
죽음의 나래가 펴진다

감사합니다
메멘토 모리

있기 때문에

어려운 일이 있었기에 편안함이 있고

아팠을 때가 있었기에 건강함이 있다

바빴을 때가 있었기에

지금의 한가함이 여유롭다

임종

어디서 임종을 맞을 것인가
신문 전면
병원에서 집에서 요양원에서
많은 사람들이 병원에서 죽고 싶다 한다
의사 손에 기계에 의지해서 끝까지 살고 싶은 거다

어디서 죽으면 어떤가?
건축가 정기용의 죽음
그는 죽기 전
흰 베드를 제자들이 들어 숲 속에 갖다 놓았다
무주 공설운동장에 등나무를 심었던 그

우리 엄마는 홀로 빈방에서 어느 날
산뜻이 그냥 주무시듯 가셨다

죽기 전
이제 가도 되겠다
가족의 얼굴을 보며 미소 지을 수 있다면
아무 데서나 임종을 맞아도 상관없다

척

우습지 않아도 미소를 지으면
토파민이 분비된다지요

사랑이 없음에도 있는 척 자꾸 하면
사랑도 생기겠지요

여행

Red 3 2011 117×90cm mixed media on canvas

남이섬

문득 자작나무 길이 걷고 싶어
남이섬에 갔습니다
햇빛에 반짝이는 호수도 그리웠습니다
때늦은 한여름 더위가 살짝 그만 한 금요일
자작나무보다 구석구석 전시회들이
그렇게 많은 줄 몰랐습니다
남이섬에 물, 나무를 보려고 갔다가
전시회만 잔뜩 보고 왔어요

남이섬 주식회사의 대표 강우현은
원래 그래픽 디자이너이자 북 일러스트레이터입니다
역시네요
내용도 내용이려니와 산만한 야외 공간에
적절히 전시물들을 설치한 전시테크닉이 훌륭합니다
이런 공간들을 보며 생각했어요
아마 그가 일일이 참견하며 다녔을 거라고
14만 평을
그러니 이렇게 정돈되었을 거라고

실제로 좀 노후하고
관리가 필요한 부분이 없지는 않지만
유원지에서 느끼는 그 난삽함과 비교하면
얼마나 훌륭한지요

몽골

몽골 안 갈래?
아무도 선뜻 따라주지 않는 것은
척박할 것이며 빈곤한 지역이라 그렇겠지
테렐지 국립공원
고도 1,400~1,500미터 고원
트레킹 내내 발걸음이 가볍지 않고 약간 숨이 가쁘다

'아이 참 좋다!'
사람들은 뭉뚱그려 말하지만
그건 하나하나 분리해 느껴져 온다
하늘은 푸른 우주공간 그냥 뚫려있는 듯하다
공기가 맑다
별이 하늘에 총총하다
한없이 계속되는 나지막한 구릉
야생화 천지
구릉에서
양떼를 몰고 가는 산세와 닮은 몽골아이 그 아비

게르 앞에서 소, 말들이 풀을 뜯어먹는다

한밤중 기척에 밖을 보니
말 두 마리가 바로 문 앞에서 풀을 뜯고 있다
혹시 게르 안으로 침입하지 않을까?
둘이 나란히 뚜벅뚜벅 산 구릉으로 사라진다

한국의 인텔리 젊은 부부
몽골 아이들을 위한 학교를 운영하고 있다
뚫린 교실바닥 짓다가 만 벽
마음이 아프다

돌아와 얼마간을 후원하면서 몽골을 잊는다
푸른 하늘도 별도 구릉도 아이의 눈망울도 모두
잊는다

여행 가기 전날

에잇!
이불을 박차고 컴퓨터 앞에 앉는다
나는 늘 여행가기 전날 어딘가 아프다
밤새 화장실을 들락거리며 밤을 새우다
다음날 비행기를 탄 적도 있고
심한 몸살감기로 한 보따리나 되는 약봉지를
공항에서 입에 털어 넣은 적도 있다

내일은 가벼운 일본 여행이다
역시 위가 불편하다
낮에 커피도 마셨다
밤늦도록 텔레비전을 보며 시간을 보내다가
누운 지 한 시간째 이불에서 뒹굴던 참
여행이 너무 좋으니까
몸이 어깃장을 부리며 심술을 부리는 걸까?

Violet 2011 46×46cm mixed media on canvas

여행은 이래서 좋다

어디 갈까 계획하면서 설렌다
떠나면서 설렌다
비행기에서 내려
버스를 타고 목적지로 향할 때가 제일 좋다

계획할 때
좋을까? 하다가
막상 떠날 때면 불안한 마음 살짝

비행기에서는 그 은근한 불안감 뭐 그런 게 있다가
땅을 디디고
막상 새로운 공기 새로운 자연
새로운 사람, 사물들과 맞닥뜨리면
아! 여행 왔구나
다니면서 좋다

집에 돌아와 며칠 추억하느라 좋다
얼마 되지 않아 다시 여행 사이트를 뒤진다
여행은 중독이다 그래서 좋다

여행가방

가방을 싼다
여행가방의 크기는
그 주인의 불안감의 크기라 했던가

넣었다 뺐다
젊었을 적 나는 열 번도 가방을 다시 쌌다
춥겠지?
덥겠지?

요즘은 기운을 생각해가며 싼다
무겁겠지?
힘들겠지?

여행 갑시다

여행은 언제쯤 갈까
지금 간다
지금이 가장 젊을 때니까
백번 맞는 말이다.

우리 은퇴하면 여행이나 다닙시다
실제 은퇴하니 외려
전보다 덜 가는 것 같다
방학되면 무슨 대단하게 바쁜 사람들처럼
시간 쪼개서 가는
그 맛이 좋았다

우리 여행갈까
비도 오고 그런데 당분간 그냥 집에 있읍시다
얼마 전 사고 난 아시아나가 잊히려면
시간이 좀 걸릴 테지

김영갑 갤러리

추석연휴 직전에 간 제주도는 의외로
한산하다 못해 쓸쓸
제주도 동남쪽 외진 곳 두모악
그 적막한 곳에서 나는
김영갑의 오름을 보고
울고 싶었고 안기고 싶었고 누워 자고 싶었다
그가 그 사진들을 놓고 떠났기 때문에
더 드라마틱했겠지

부여가 고향인데 제주도가 좋아
해녀, 오름, 갈대들을 찍다 아예 눌러 살면서
〈외로움과 평화〉를 찍었다 했다

바람에 부딪치는 그의 긴 머리칼
모노크롬, 그리고 브라운톤
한 예술가가 그의 인생을 바쳐
그림을 그리거나 사진을 찍거나 무얼 만들면
그 작품을 후대 사람들이 보면서
이렇게 같은 감정을 공유할 수 있으니

루게릭이 발병했을 때부터
손수 폐교를 다듬어 만들었다는 꽤 넓은 미술관
입구에서부터 미술관 진입이 범상치 않아
단박에 내닫지 않고 꼬불꼬불 미로처럼 조성한 정원
그의 뼈가 뿌려진 곳
무거운 짐은 잠시 놓아두세요
친근한 선반이 마주한다
양쪽에 음악이 흐르는 길고 큰방에 그의 유작들
갑자기 숨이 탁 막혀온다
제주도 후미진 곳에
이렇게 감동적인 갤러리가 있다니

나도 언젠가 그처럼
봄에 여름에 가을에 겨울에
아침에 점심에 저녁에 어스름할 때
시시때때로 변하는 오름을 느껴보리라

홋카이도 기차 자유여행

우리는 여행 떠나기도 전에 홋카이도 전문가
몇 번 패키지여행 갔는데
같은 곳만 세 번 갔다 그 넓은 홋카이도에서
공항에 도착하면 피켓 든 사람 따라가 버스에 올라
보여주는 것만 보는 것
생소한 사람들과 우르르 몰려다니는 것
진짜 진력난다
일흔 언저리 둘이서 자유여행 결심
그랬더니 힘은 든다
가기 한 달 전부터 공부를 하니
어쩜 그렇게 헛똑똑이로 다녔던지
호텔잡고 기차시각 노선 따져 스케줄 잡는데
가지 않아도 그만이다 할 정도로 푸욱
비용도 많이 들고
앞으로 닥칠 새로운 상황도 있겠지만
계획하는 즐거움
이렇게 기다려지기는 처음이다

정말 꿀맛

다음엔 어딜 갈까?

홋카이도 대학

쇼핑센터 관광지를 돌아다니다
대학캠퍼스에 들어서면
무어라 말할 수 없는 안정감
버클리대 하와이대 토론토대 캘리포니아대 도쿄대
아이들을 데리고 여행할 때는 꼭 들렀다

비가 부슬부슬
여름방학의 일요일
한적하다
몇십만 평이나 되는 캠퍼스
흐린 데다가 숲이 우거져 어두컴컴하다

비 맞으며 자전거 타고 가는 여학생
조깅하는 남학생 마주치다
게시판에 한두 개 걸린 플래카드
지성의 고뇌를 읽는다
숲속 건물에 불 켜 있는 곳 도서관인가
젊은 시절 기약 없는 학문의 길
교수고 학생이고

비 맞으며 걸으며 내내 생각했다
학문 벅차고도 괴로운 것
비 뿌리는 홋카이도 대학
건물 안에서 씨름하고 있을 지성인들
고달픔만큼이나 어둡다

주먹밥

훗카이도 비에이 구릉을 보며
여행하다
전망대에 다다랐다

남매 둘을 데리고 여행하는 여성
샌드위치를 먹이기에 점심이냐고 말을 건넸다
어디서 왔으며 나이는 몇이냐
아이와도 대화했다
"히르와?" "점심은요?"
4살짜리 남자애가 묻는다
"오니기리데쇼?" "주먹밥 먹었죠?"
"싯데르요." "알아요."

버스에서 내가 주먹밥 먹는 걸 본 모양이다
내가 점심에 대해 이야기하니
자기도 내 점심에 대해 묻는다
우리나라 네 살짜리 아이
낯모르는 사람과 이런 대화할까?
건강한 피부와 맑은 눈이 더 깊어 보인다

일본사람

길을 걷던 제복 입은 남학생 무언가 주워
길가 편의점 창가에 올려놓는다
누군가 흘린 손수건
엘리베이터 타는 사람 내리는 사람
가볍게 목례한다
누군가의 앞을 지날 때
다소곳한 몸짓으로 상대를 의식한다
저 사람들 어떻게 저럴까?
어려서부터 그렇게 배웠겠지

지도

기차지도
관광코스지도
라벤더지도
호텔지도
맛집지도
하도 지도를 보았더니
눈이 가물가물하다

동서남북 모르고 따라다니던 패키지투어
지도 같은 거 별로 안 봤다
지도가 가르쳐준 곳으로
간다
언제 지도인데 쓰여 있는 그대로다
배낭여행의 맛

남자는 거꾸로 놓인 지도도 잘 보며
여자는 바로 놓인 지도도 못 본다 했지만
지도 내가 보고 다녔다

平和 2012 30×30cm mixed media

사람 사는 곳

열차에 탄 여학생
한 시간 이상
조그만 다이제스트 북 열심히 읽는다
얌전히 두 발을 모은 채

3, 40쯤 된 남자
역시 꼼짝 않고 책을 붙들고 있다
백화점 의자
거기도 책을 든 남자

일본 오면 늘 보는 광경
휴대폰 들고 떠들며 길가는 사람 못 봤고
기차에서 휴대폰 소리도 못 들었다
아직 그대로다
좋게 보인다
하늘 무지하게 파랗고
흰 구름이 유난히 넓게 피어있는 곳 홋카이도
사람 사는 곳

아사히카와 도미인 호텔 온천

문을 연다 미닫이
미끄러지듯 조용히 열린다
마치 초콜릿 발라 놓은 듯
온천물은 졸졸 나오는데
아무도 없다 독탕이다
와
나무의자 살짝 수도꼭지에 걸어 비스듬히
물 빠지라고
그 위에 나무바가지 엎어놓았다 한결같이
요것 좀 봐
따끈한 물에 몸을 담근다
노천온천에는 오렌지를 띄워놓았다
향 있으라고
곳곳에 서려있는 배려 센스
이 순간을 위하여 새벽부터 일어나 서울서부터 왔나

이른 아침
머리는 시원하고 몸은 따듯하니
호호호 소리가 절로 난다

똑딱

아무도 없는 온천 탈의실
귀중품로커 조작을 하는 중
갑자기 톡하고 문이 튀어나오듯 열려
깜짝 놀랐다

역의 코인 로커도
똑딱하고 열린다

열렸는지 어쩐지
애매하게 슬그머니 열리는 법 없고
분명하고도 확실히 똑딱 열린다
일본 특성 중 하나
요즘 요런 감각이 제품성패를 좌우하지

경주 양동마을 여강 이씨댁

유교사상 드높은 몇 가문 집성촌 양동마을
600년 된 향나무 하며 동네가 영글 대로 영글었다
깨끗한 기와집 초가집이 섞여 있는데
지금도 사람들이 살고 있다

얕은 동산 여기저기 집들이 정겹게 숨어있다
낮은 토담으로 집안이 휘어언
빈대떡 붙이는지 떡 하는지
아아 참 사람 사는 동네

여강 이씨댁은 ㅁ자로 제법 큰 집
용틀임하듯 휜 대들보가 가로지른 안방이 압권이다

주인장 동네사람 친지 불러
소리 섞어 잔치를 베푼다
직접 지은 집 품새만큼
여강 이씨댁은 최고로 엄격한 가문
낯모르는 사람 처음 마주할 때
나 여강 이가네 말 놓네 한단다

신경주역

기차에서 턱 내리니
수천 개 수만 개 파이프 우람찬 신 역사
화장실 사랑방처럼 나무 미닫이로
칸을 만들어 놓았다
지역 특수성을 살린 노력 가상하다고는 못할 것이
해야 할 것 하지 말아야 할 것
현대식 건물 화장실에 전통 문 그렇다 치자
문짝마다 붙여 놓은 관광명소 스티커
난삽하고 저급하기 그지없다
관광객 유치광고 거기까지 갖다 붙인 모양인데
건축 디자인한 사람 보면 정말 기운 빠질 노릇
역장인지 행정 하는 분들인지
건축가가 전체적으로 아름답게 디자인하면 뭘 해
의욕 넘치는 아마추어 실력
통탄할 일이다

풍기 코스모스

그 이름부터가 아름답다
격음은 원래 상품명으로도 일 순위
잘 기억되고 인상적이어서
박카스, 캄파리, 케토톱, 카스
코스모스
거기다 반복 음률까지

아주 낮지도 높지도 않아
살짝 고개만 숙이면 들여다 볼 수 있어
꽃대가 억세지 않고 바람에 하늘거려서
코스모스가 좋다
지독한 색깔들의 억센 것투성이
도심에서 볼 수 없는 코스모스
가을 풍기에서 만났다

길가에 왜 연약한 코스모스를 심을까
흔들거리며 오가는 사람들에게 반갑다고
어서 오시라고 또 오시라고

영주 부석사

무량수전
감개가 무량하다 이 세월
절 입구 신축한 생내 철철 나는 것들
그것들을 지나
가파른 돌계단을 오르니
천년세월 보이는 소박한 절
무량수전
빛깔도 안 바른 그냥 맨 나무 기둥 문짝들
쓰다듬으니 세월이 몰려 온다
바짝 마른 것이 단단하기가 이를 데 없는 것이
군데군데 터지고 옹이 난 것들이
새로 얹은 기와 생소함 참기로 하고
마주 보이는 소백산 물결
마침 비 갠 후 빛에 그리도 또렷할 수가

소수서원

불과 몇 년 만에
길도 닦이고 입구에 선비촌인지 뭔지
부러 만들어 놓고 체험 어찌고
완전 딴 데가 되었다
그 고즈넉한 선비들의 공부방들 다 어디로 갔나
겨우 소나무 숲 냇가에 앉아있는 누각
그 모습만 그대로다

갇혀 지내며 선비 공부에 진력이 나
잠시 한눈을 팔아 아이를 만들었는데
어미에게 그 아이 다리 밑에 놓아두라 일러
모르는 척 들여와
그때부터 다리 밑에서 주워왔다는 이야기
그 설화도 그럴 듯했던 소수서원
내러티브가 없어진 곳

영주사과

미술시간에 사과를 그렸다
빨간색으로
꼭지도 그렸다
내 사과는 아주 동그랗고 볼륨 있고 빛났다
내가 제일 좋아하는 사과
빨간 껍질 하얀 속살 새콤달콤한 과즙
타박거리는 저작감
외출하고 돌아와 한 개를 베어먹으면 으음
집에 사과 떨어지면 불안증세
사과는 청량제
맛있는 사과 한 상자 고기만큼 든든

이상스레 들큰거리고 질깃하고
약품 뿌려 끈적끈적한 것
슬픔이다

영주 길거리 키 작은 사과나무마다
빨간 사과 꽃처럼 빽빽이 피어 있다
가도 가도 나오는 주렁주렁 사과나무

지키는 이도 없고
길가다 하나 따다 먹어도 모를 판
부자마을 영주
내가 좋아하는 사과 지천에 널려 있다니
좌판 아주머니들마저 인심 넉넉하여
큼직하게 잘라놓고 먹어보란다

해녀

찬 바다 속으로 납덩어리 차고 텀벙
소라 멍게 전복 건지러 텀벙
거친 파도 거친 피부
어찌 저리 살게 되었나
애처롭다
그걸로 아들딸 시집장가 보내고 온 식구 호구
호이호이 숨소리
생명의 소리
호이호이 숨소리
애끓는 소리
소라 멍게 전복 보니
호이호이

냄새

1970년대 일본 난생처음 멜론을 보았다
모양새도 향기도 맛도 좋다는 3박자 멜론
지금 흔하지만
아직도 멜론을 먹을 때 첫 냄새가 난다

한여름 일본 아오야마 오이라세 계곡 삼림냄새
고기압으로 꾸물대던 날씨에 장맛비가 쏟아지며 내는
그 무어라 표현할 수 없는 단내

너 무슨 향수 쓰니
스쳐 지나는데 향이 좋다
그냥 비눈데요

라일락
아파트 마당에 몇 그루씩 있는 라일락이 필 때면
나는 거기서 걸음을 늦춘다

Rug 2011 100×100cm mixed media

아이슬란드

지구의 반대쪽 아름다운 아이슬란드 호수에서
다이버들이 헤엄을 친다
천국이 따로 없다
텔레비전으로 보기에도 맑다 청정지역
빙하가 녹은 물
바위나 이끼들이 자정작용을 도와
세상에서 제일 깨끗한 물
물을 벌컥벌컥 마신다
그 물을 보니 아프리카 아이들
마실 물이 없어 병이 들고 파리가 덤비는 곳
새까만 두 눈동자가 떠오른다

무슨 박애주의자도 아닌데
그 맑고 깨끗한 물이 넘치는 호수를 보는데
메마른 데 겨우 고여 있는 웅덩이 물
저 물을 어떻게 좀 가져다 줄 수 없을까

슬쩍 빠진다

나는 일반사람들이 여행가서 하는
유명관광지에서 사진 찍고 쇼핑하는 것이 재미없다
인증사진 대신 길거리 아무 데나 눈이 가는 것 찰칵
담장도 찍고 예쁜 간판도 찍고 심지어 쓰레기통도
좋은 것 찍고 고쳐야 할 미운 것 찍고
그러다가 적당한 디자인 보면 인증구매
하와이 호텔에서 내 성향의 알록달록
원시적인 손작업 가방 발견 하나를 샀다
이렇게 별난 것을 몇만 원에
어느 누가 손수 만들어다 내놓은 그런 소박한 것
그런 것들을 보고 감탄하고 사진 찍느라
늘 남편에게 핀잔을 듣는다
같이 가다 없어지기도 하고 뒤처지기도 하니
나는 패키지여행에서
열심히 관광지의 역사적 배경을 듣는 사람들을 보면
대단하다고 여긴다
항상 그 이야기를 끝까지 듣지 못하고
슬그머니 빠져나와 골목길에 들어서기 일쑤다
이런 재미가 있어서

가고시마

영화 〈일어날지도 모르는 기적〉 그 가고시마
지금도 흰 연기를 뿜으며 활동하고 있는
화산섬 사쿠라지마 섬
화산재로 인해 검은 재를 옴팍 뒤집어 쓴 인근 마을들
마스크를 쓰고 다니는 주민들
소름이 끼쳤다
바닷길로 진주만을 향해
어린 가미카제를 날려 보냈던 일본 최남단
한국침략의 기운이 태동된 사무치는 배경 등
한가로이 온천 하러 갈 마음이 생기지 않은 그곳에서
가슴 훈훈한 인간과 생물의 공존을 만났다

가고시마 북쪽 이즈미 아라사키 지방에
학 만 마리가 날아들었다
시베리아 몽골에서 알을 낳아 한국의 철원 순천에
있다가 겨울이 되면 따뜻한 일본 이즈미로 날아든다
이즈미에서는 이 학을 위해
모이 1천 킬로그램을 뿌려준다

지하수를 올려 물을 대 학의 잠자리를 마련해준다

첫 벼농사는 사람을 위한 것이고
그다음 열리는 곡식은 학을 위해 남겨둔다
그 땅은 사람과 학이 반반씩 사용하고 있었다
중학생 동호회 아이들이 몰래 숨어
아침에 물을 마시고 날아오르는 새들을
스톱워치로 센다
매일매일 몇 마리가 오는지를 세어
모이의 양을 정확히 맞추어
농민들에게 피해가 가지 않게 하기 위해

네 마리가 난다
앞의 둘은 부모고 뒤의 둘은 새끼들이라 했다
한 마리만 나는 일은 없고 여러 마리가 난다
둘이 날 때는 부모만 나는 것이고
세 마리는 새끼 한 마리만 데리고 나는 것이다
어떻게 저렇게 애틋한 가족애가 있을까
가족끼리 똘똘 뭉쳐

아라사키 들판을 유영하는 고고한 학들
그들을 위해 자기네 밭은 내준 사람들
아름다운 이야기다

소요산

집 앞 신길역에서
1호선 타고 그냥 두 시간쯤 앉아 있으면 소요산
신문을 한 다발 들고 앉아 읽으면 금방
1호선은 지하로 가는 것이 얼마 없어 기차 같다
역에서 얼마 안 들어가면 금방 계곡
아직 여름 끝자락이라
덥다고 여겼는지 사람이 적다
하늘 아주 맑다
계곡에 발 담그고 앉아있는 사람들
트로트 라디오 하나씩 차고 올라가는 사람들
역시 산이다
곳곳에 옥수수 쪄 팔고 푸성귀 내다 판다
올라가며 황도 한 개를 사 흐르는 물에 씻어
물이 뚝뚝 흐르는 걸 먹어치웠다
최고다 어찌나 달던지
맛있는 공기 많이 마시고 왔다
이담에는 우리도 김밥 사고 돗자리 가지고 옵시다

서울역

여기가 1층이라고 하는 건지 2층인지 3층인지
어디 KTX 출구를 말하는 거야
출구도 여기저기
어지러운 넓은 대합실
붙여놓은 거 써놓은 거 그리 많은데 정작 멍하다
높은 천정 넓디넓은 공간에서
그만 딱 발을 멈추게 된다
목표를 못 찾으니
어디서 만나자는 거야? 난들 알아?
일행 전화문자 끝에 어디 집결은 했는데
정작 표 가진 간사가 없다
나이 많은 일행 모두 3, 40분 전에 도착
젊은 간사 10분 전에 도착한단다
역시 통신 후 도킹
안녕하세요
상기된 얼굴 따라 홈으로
노인들 구시렁구시렁 어느새 진정되고
희희낙락 졸졸

공항

넓고 쾌적하기 이를 데 없는데
나는 공항에만 가면 살짝 불안하다
공간이 너무 크다보니 압도당함인가
화장실도 가야 할 것 같고
조금만 서 있어도 기운이 빠진다
서성거리게 되는 곳
그리고 자꾸 시계를 보게 되는 곳
집을 떠나 흔들거리는 비행기를 타고
낯선 데로 향하는 곳이기 때문이리라

공항에서 사람들은 더 빠르게 움직인다
그들도 나와 같은 것일까
넓디넓은 공간을 벗어나
좁고 꽉 막힌 비행기 속으로 어서어서 몰려간다
늦을까봐 조바심 내며

우리나라 좋은 나라

몇 년 전 빈 여행길
역시 치장의 도시
키가 크고 멋진 여성들
세련된 드레스에 갖은 액세서리
검은 예복의 파트너 팔짱 끼고
공연장으로 들어간다

언젠가 나도
대책 없이 결심했다
잘츠부르크 여름 페스티벌

한여름 서울 영화관 시원하고 조용
하이든의 오라토리오 전곡 사계
헨델의 메시아를 듣고 자극받아 쓴 곡
세 명의 솔리스트 합창단 빈 필 웅장한 공연장 관객들
혼이 나간 듯 음악에 빠져 지휘하는 늙은 지휘자

우리 시간으로 새벽 2시 공연을
저녁 8시 거의 실시간 생중계

비록 그곳의 공기를 맡지 못해도
극장 화면 훌륭한 오디오 충분히 행복했다
특히 우리 집 아저씨 대만족 나도 덩달아
참 서울에 앉아서도 즐길 것이 너무도 많아
우리나라 좋은 나라

북유럽

처음 코펜하겐에 내려 시내로 들어서는데
모두들 불 *끄*고 자나 했다
눈이 점점 밝아지면서
희미한 백열등 하나씩 커진 건물들
참 별나다

흰 레이스 커튼 드리운 창가에
노부부가 식사를 한다
촛불을 켜놓고
들여다보았다
드라이하고 어두침침
조그만 화분도 겸해놓고 정겹게
노부부가 식사를 한다

밤의 보태니컬 가든
꽃마다 작은 아주 작은 등을 켜놓았다 은은하게
수십 개씩 터지게 켜놓은 형광등이 자꾸 떠오른다
밤의 가든 어둠의 미학
빛이 귀해서

빛을 아끼니
빛이 아름다운 나라

안도 다다오

오래 전
그를 따라 일본 관서지방을 돌았다
물을 접하여 만든 교회가 좋았다
물에 비친 십자가
바닥 가까이 길게 잘라낸 듯 뚫은 창이 좋았다
정신이 바짝 들었다
어린이도서관
집중을 위해 자연을 노출 콘크리트 벽으로 막아
창에서 숲이 보이지 않도록 해도
그 긴장감이 좋았다

2013년 5월 신문
뮤지엄 산 개관 건축 안도 다다오
아니?
아직도 그인가?
우리나라의 젊고 유능한 건축가 아직도 뒷전인가?

Accessories 2011
13×5cm 내외
mixed media

생활의 시적 발견

李韶 이영희 생활시의 세계

김선학 문학평론가 · 동국대 명예교수

언어로 건져 올린 생활의 소묘

李韶 이영희의 시를 읽으면 새삼 생활이 어떤 것인가를 생각하게 된다. 사는 것, 사람이 살아가는 것이 '생활'이라고 간단하게 생각할 수만은 없겠다고 느끼게 된다. 그것은 李韶 이영희의 시가 대상으로 하고 있는 생활의 모든 것들이 그의 시 속에서 새로운 모습으로 우리에게 다가오기 때문이다.

　중국의 임어당(林語堂)이 쓴 *The Importance of Living*에서 'Importance'를 '발견'으로 번역했다. 생활의 중요한 항목들은 그저 사는 것이 아니라 살아가는 속에서 '발견'하는 것이라는 의미가 머금어져 있는 말이다. 그 번

339

엮어는 생활의 중요한 것들을 하나하나 헤아린다는 것
은 삶의 주요 부분을 새롭게 '발견'하는 것이고, 그 발견
은 '사는 것'(living)의 요체라는 뜻을 함의하고 있다고
파악할 수 있다.

李韶 이영희는 그가 시적 대상으로 하고 있는 생활의
주요 부분을 새롭게 '발견'하여 언어로 건져 올린다. 그
런 과정을 통해 생활의 주요 부분을 또 다르게 의미 있
는 하나의 실체로 설계해 가려고 한다. 그의 시에는 그
런 의지가 숨어 있다고 이해된다.

李韶 이영희는 임어당의 말을 자신의 시 속에 이렇게
가져온다.

　터널을 뚫는데 양쪽에서 그냥 대강 뚫다
　만나면 다행이고
　혹 안 만나 두 개가 뚫리면 이 어찌 아니 좋으랴
　나는 임어당의 이 이야기를 좋아한다
　　　　　　　　　　　　　　　— 〈변화라면 질색〉 중

세상을 살아가는 일을 계획하고 그 계획을 자로 재듯
이 철저하게 실천하며 살아가는 것에 대한 비판적 소감
을 말한 것이다. 원칙도 중요하지만 '변화'를 통해 여유
있는 삶을 살아가는 지혜를 가지는 일이 보다 필요하다
고 생각한 시다. 대수롭지 않은 생활 속에서의 일을 이

처럼 여유 있는 중국인의 지혜에서 찾아내어 시로 엮는
곳에서 李韶 이영희의 시는 빛난다.

정감의 항아리에서 헹구어 낸 언어

　一片花飛減却春
　風飄萬點正愁人

　떨어져 날리는 한 조각 꽃잎에 봄은 줄어들고
　바람에 한없이 흩날리는 꽃잎들
　이 슬픔을 어찌하리

　　　　　　　　　　　　　　　　　— 두보, 〈곡강〉

　　두보(杜甫)의 〈곡강〉(曲江)은 이런 절창으로 시작된
다. 그 〈곡강〉의 둘째 수에 '人生七十古來稀'(인생칠십
고래희)의 구절이 있다. 사람이 일흔을 산다는 건 예로
부터 드문 일이라는 것이다. 李韶 이영희는 이 일흔의
고개를 넘어서고 있다. 일흔을 사는 일이 요즘은 그렇게
드문 일이라고 할 수는 없다. 그러나 일흔은 살아왔던
삶을 되돌아보고, 삶의 마감을 준비하는 나이이다. 그
일흔에 그동안 생활했던 모든 것을 시로 모았다. 그것이
李韶 이영희의 이 시집이다.

이 시집 속의 작품들은 모두 시인이 생활했던 현장에서 부딪히며 느꼈던 것들이다. 6부 중에 1, 2부는 딸, 아내, 어머니로서의 생활, 3, 4부는 그래픽 디자이너와 대학교수로서의 모습, 5, 6부는 자신의 삶에 영향을 준 종교와 여행에 관한 생각이다.

가족과 친구들과의 만남에서 생각했던 생활 속의 조각들, 살아가며 이런저런 일들과 사람들을 만나면서 본업인 그래픽 디자인에 대한 일을 뒤돌아보고 새롭게 느낀 바를 언어로 설명한다. 대학 강단에서 후진을 가르치는 일, 경건하게 기도하면서 살아가는 모습, 여행하며 보고 듣고 느낀 것을 본 대로 느낀 대로 언어에 심었다.

말린 나물을 불릴 때면
승연이 생각이 난다
사위가 나물을 먹고 싶대서
미국 갈 때면
고사리, 취, 참나물 말린 것들을
한 보따리 싼다
바락바락 씻고 또 씻고
들기름 넣고 간장 넣고 파, 마늘 넣고
나물을 볶는다
우리 딸이 좋아하겠지
자기 신랑 잘 먹을 테니

— 〈나물〉

시집 1부 〈가족, 친구〉의 시다. 딸과 사위를 대상으로 '나물'을 말하고 있다. 李詔 이영희의 시는 읽으면 바로 이해가 된다. 어려움 없이 바로 이해되는 시들은 읽는 사람으로 하여금 편안하게 시에 다가갈 수 있게 한다. '나물'을 통해 외국에 있는 딸에 대한 애틋한 마음과 사위에 대한 생각을 굴절 없이 그대로 진술하고 있다.

일본의 시바타 도요(1911~2013년)는 아흔이 넘어 시를 쓰기 시작하여 처녀시집 〈약해지지 마〉를 아흔여덟 (2009년)에 펴냈다.

더부살이하던 집에서 괴롭혀서
행래교 옆에서
울고 있으면
친구가
힘내자,
웃으며 말해주었지

졸졸 흐르는 냇물
푸르른 하늘 하얀 구름
행복이 찾아온다는 다리
상냥한 친구
열심히 살 수 있을 것 같은 기분이 들었어
팔십 년 전의 나
　　　　　　　　　　　　— 시바타 도요, 〈행래교〉

백수를 넘기고 타계한 그의 시는 생활에 밀착되어 있고 그 일상생활에서 느낀 것을 그대로 드러낸다. 생각하고 느낀 그대로 기교를 부리지 않고 표백한다. 그것이 읽는 사람에게 감동으로 다가오는 것은 세상을 보는 시각과 모든 사유가 '상냥한 친구/열심히 살 수 있을 것 같은 기분이 들었어'의 구절 등에서 보듯이 낙천적으로 열려 있는 데서 비롯한다. 시인이 자신의 마음을 담아내는 언어들을 이 열려 있는 낙천적 정감의 항아리에 헹구어 내고 있기 때문이다.

"예로부터 드물다"(古稀, 고희)고 두보가 말한 삶의 연륜을 밟고 가는 李韶 이영희의 시도 아흔을 넘긴 시바타 도요의 시처럼 생활에 밀착되어 있다. 생활에서 본 대로 느낀 그대로를 표백하고 있다. 그래서 李韶 이영희의 시는 쉽게 접근할 수가 있다.

감동의 언어와 설명의 언어

이해와 접근이 쉬운 것은 李韶 이영희의 시가 갖고 있는 덕목인 동시에 아쉬움이기도 하다. 시의 언어는 전달 기능을 위주로 하는 진술의 언어이기보다는 정서에 작용하면서 읽는 사람을 감동하게 하는 정서적 언어, 즉 감동의 언어이기 때문이다. 리처즈(I. A. Richards)는 일찍

이 '언어의 두 가지 사용법'으로 시어를 설명하면서 과학적 용법의 언어(scientific language)가 아닌 정서적 용법의 언어(emotive language)가 시어라고 했다.

李韶 이영희의 시어들은 시적 대상을 정서적 언어가 아닌 과학적 용법의 언어인 진술적 언어로 설명하고 있다. 문학이론 쪽에서는 그것을 아름답게 체계화시킨 형상화(形象化), 즉 표현(表現, expression)된 언어가 아닌 전달 위주로 진술된 언어라고 말한다.

李韶 이영희 시의 대부분 시어들은 이러한 진술을 중심으로 하는 설명의 구조로 되어 있는 언어다. 이 설명의 구조 속에서는 시어를 정서적으로 바꾸어 주는 비유와 상징이 없다. 비유와 상징에 의해 굴절되거나 정서를 불러오는 정서적인 언어로 되면 읽는 사람의 이해에 얼마간 어려움이 있을 수 있게 된다. 그러나 이러한 언어들은 다른 시어와 유기적인 관계를 가지면서 비유적 이미지와 상징적 이미지를 형성한다. 읽는 사람은 그 이미지를 통해 시의 깊은 내면을 느낀다.

시바타 도요의 시가 시의 내면을 깊게 하면서 읽는 사람에게 다가가 감동을 주는 것은 시인의 가슴 속 정감의 항아리에 헹구어낸 언어로 스스로를 표백하는 감동의 언어를 시어로 선택하고 있기 때문이다. 그래서 시바타 도요의 시는 설명적이고 진술적인 것을 뛰어넘는다. 李

詔 이영희의 시가 일상생활에서 시적 대상을 가져오고
는 있지만 정감을 획득하는 데 수동적임을 시바타 도요
의 시를 읽으면 비교가 되는 부분이다.

은퇴 전까지 나는 나이를 세지 않고 살았다
대학생들과 지내면서
나이 들었다는 생각은 없었다
아침에 일어나면 당기든 말든
얼굴 보는 것은 뒷전

2년이 지난 지금
바짝 들이댄 거울에 몰골은 리얼
처진 눈두덩 입 옆에 늘어진 볼살
피부과를 정기적으로 다니고
가꾸고 하여 윤기가 나고 팽팽한 친구들
이제는 안 되겠구나
눈뜨고 일어나면 제일 먼저 세수를 하고
무엇부터 발라야지
박완서의 민얼굴 주름진 얼굴
편한 스웨터 차림이 생각나면서
이내 아냐
얼굴 같은 건 아무것도 아냐
그까짓 것 아무것도 아냐
금방 거울을 던지고 일거리를 잡는다

거울이 없으니 처진 살도 없다

—〈거울〉

  나이가 들어 늙어가는 자신의 모습을 거울에 비춰보면서 느끼는 소회를 그대로 표현하고 있다. 나이가 들어간다는 것 — 늙어간다는 것 — 얼굴에 주름이 늘어나는 것, 그것은 슬픔이다. 그리고 깊이를 알 수 없는 절망이다. 이러한 것들을 진술하는 것보다는 정서적인 언어를 통해 이미지로 전달하는 것이 읽는 사람에게는 훨씬 감동적이다.

君不見黃河之水天上來
奔流到海不復廻
又不見高堂明鏡悲白髮
朝如靑絲暮成雪

그대, 보지 못하였는가
황하의 물이 하늘에서 내려와
굽이쳐 흘러 바다에 닿으면
오지 못하는 것을
그대, 또 보지 못하였는가
드높은 집에 사는 부귀한 사람들
거울의 백발 보고 한숨짓는 걸
아침에 검은 머리에 저녁에는 하얗게 서리가 내린 것을

—이백, 〈장진주〉 중

한자로 쓴 시이긴 하지만 거울을 바라보고 나이가 들어감에 비애감을 가진다는 의미에서 李韶 이영희의 〈거울〉과 같은 범주에 드는 시다. 우선 〈장진주〉(將進酒)는 한번 간 세월이 다시 오지 못함을 황하의 물이 굽이쳐 바다로 가서 돌아오지 못하는 이미지로 전하고 있다. 또 거울에 비친 검은 머리가 순식간에 백발이 된다는 것을 통해 빠른 세월의 흐름을 설명하지 않고 이미지로 드러내 읽는 사람에게 전한다.

송홧가루 날리는
외딴 봉우리

윤사월 해 길다
꾀꼬리 울면
산지기 외딴집
눈먼 처녀사

문설주에 귀 대고
엿듣고 있다

— 박목월, 〈윤사월〉

李韶 이영희의 시처럼 이 시도 크게 보아 설명의 구조로 된 진술이다. 그러나 이미지를 중심으로 하여 5월경(윤사월) 한국 산촌의 풍경을 수채화처럼 있는 그대로

그려내고 있다. 뻐꾸기 울음소리의 청각, 눈이 먼 처녀가 문설주에 귀를 대고 이 소리를 엿듣는 이미지는 읽는 사람으로 하여금 시 속에 푹 빠져 감동을 갖게 한다.

李韶 이영희의 시는 생활의 모습들, 시인이 느낀 사람들과 여행 그리고 디자인을 하면서 생각한 것들을 진솔하게 읽는 사람에게 전달하고 있다. 그 전달은 그러나, 감동의 언어들로 짜인 이미지에 의한 것이라기보다는 시인의 설명을 통한 진술이 대부분이다. 그것은 아쉬움이지만 읽는 사람들이 쉽게 접근할 수 있는 시적 구조라는 덕목을 가지고 있음을 또한 지나칠 수는 없다.

시로 빛나는 생활의 발견

시를 쓴다는 것은 산문을 쓰는 것과는 다르다. 시는 운율이라는 멍에를 갖고 있고, 언어의 압축이라든가 시어의 조탁 같은 여러 통제사항들을 산문보다 많이 갖고 있다. 산문은 다만 생각하는 것을 문장으로 얼마나 효과적으로 읽는 사람에게 전달할 수 있는가에 초점을 맞춘다. 시는 시인이 읽는 사람을 얼마나 감동시키는가에 그 성공 여부가 달려 있다. 시의 언어가 감동의 언어 — 정서적 용법의 언어 — 라고 말하는 것을 다시 상기해 볼 일이다.

이 모든 설명과 이론적인 것은 시를 쓰는 시인에게는

걸림돌이다. 이론적 설명에 귀 기울일 필요 없이 시인은
자신의 느낌을 언어로 건져 올리면 된다. 최종적으로 읽
는 사람을 감동시키면 된다.

　李韶 이영희는 자신의 시를 이렇게 말한다.

　　시는 별로였다
　　억지로 멋있으라고 만든 글들 같아서
　　단번에 알 수가 없어서
　　상상력을 동원해 알아내야 하는 것이 답답했다
　　(중략)
　　그래서 내 글은 시가 아니다
　　보았던 것 느꼈던 것 직방으로 썼을 뿐
　　요즘 말로 돌직구
　　멋있는 형용사 같은 거 생각해내 쓸 생각 없다
　　읽으면 바로 이해되는 것

　　　　　　　　　　　　　　　　　　　—〈시〉 중

　이것을 다시 설명하면 이렇다. '시는… 억지로 멋있
으라고 만든 글들 같아서 … 보았던 것 느꼈던 것 직방
으로 썼을 뿐 … 읽으면 바로 이해되는 것'이라는 것이
다. 바로 이 점이 李韶 이영희 생활의 시에 읽는 사람이
쉽게 다가갈 수 있는 요인이다. 또한 너무 '직방'이어서
감동의 획득에 다소 수세적으로 되는 까닭이기도 하다.

아직도 시를 쓰면 시인이고 소설을 쓰면 소설가이라는 나의 생각에는 변화가 없다. 어떤 것이 좋은 시고 좋은 소설인가. 그것은 읽는 사람이 판단할 일이다. 그래야 이른바 정체에서 벗어나 문학이 한 걸음 문학다운 변화된 모습으로 제자리를 확립할 수 있을 것이다.

산업사회는 자본주의와 물신주의, 정보화시대라고 하는 새로운 세기(21세기)의 IT 속악성을 그대로 드러낸다. 사람의 정신과 영혼과 삶의 진정성을 말하는 문학이 문화의 변두리에서 얼어붙고 있는 시대다. 이 문학의 빙하기에 아직도 얼마간의 쓰는 사람과 읽는 사람이 존재한다는 것은 얼마나 고마운 일인가. 그런 사람들이야말로 영원한 문학의 파수꾼이다.

일흔의 고개를 넘어서면서 李韶 이영희가 지금까지 살아온 '생활의 발견'을 시의 언어로 건져 올렸다는 것은 박수 받을 일이다. 대수롭지 않게 지나칠 수도 있는 생활 속에서의 발견을 이처럼 여유 있게 쉬운 언어로 표현한 이 시집에서 그녀의 시는 보석처럼 빛난다.